CW00704122

# Kilometerfresser

Drei Erzählungen

Joachim Kuhrig

# Kilometerfresser

## Joachim Kuhrig

1. Auflage
Februar 2020

ISBN: 9783740763794

TWENTYSIX – Der Self-Publishing-Verlag
Eine Kooperation zwischen der Verlagsgruppe
Random House und Books on Demand

Coverfotos (Joachim Kuhrig): Manuela 1981 in Seeshaupt
Schwarzweißfotos (Telefunken): Manuela Ende der Sechziger
Herstellung und Verlag: BoD-Books on Demand, Norderstedt

**Bibliografische Information der Deutschen Nationalbibliothek:**
Die Deutsche Nationalbibliothek verzeichnet diese Publikation in der Deutschen Nationalbibliografie; detaillierte bibliografische Daten sind im Internet über http://dnb.d-nb.de abrufbar.

# Inhaltsverzeichnis

# Kilometerfresser

„Wir leben doch nicht mehr im Mittelalter. Wir dürfen doch gleich Mädchen mit aufs Zimmer nehmen, oder?“ Einer meiner Schüler im Reisebus beugte sich zu mir, als er mich das wenige Kilometer vor unserem Ziel fragte. Das war die Jugendherberge in Albersdorf am Nord-Ostsee-Kanal.

Meine beiden Lehrerkollegen, die eine Reihe vor mir saßen und mitgehört hatten, drehten sich vor Schreck um, sahen mich mit entsetztem Blick an und schüttelten den Kopf. „Nicht mit uns!“

Ich wollte es genauer wissen. „Meinst du, Jungen und Mädchen im selben Zimmer übernachten?“

„Ja, natürlich!“

„Schlag dir das aus dem Kopf, Bernd! Wir dürfen es als Lehrer nicht zulassen, auch wenn heute nur noch knapp vier Jahre bis zum Orwellschen 1984 sind.“

Bernd ließ nicht locker. „Und wenn der Herbergsvater es erlaubt, wenn es ihm egal ist.“

Ich schüttelte den Kopf und sah den Jungen an. „Wir haben die Verantwortung für euch und somit das letzte Wort. Es tut mir leid, es geht nicht.“

Enttäuscht wandte sich Bernd seinen Schulkameraden zu und diskutierte mit ihnen. Ich versuchte nicht zuzuhören, konnte mir aber denken, worüber sie sprachen. Einer nach dem anderen zuckte schließlich mit den Achseln und zog eine bittere Miene. Schließlich verstummten sie und sahen nur noch nach vorne.

Im Bus saßen rund fünfzig Schülerinnen und Schüler, die von ihren drei Kurslehrern auf der fünftägigen Studienfahrt begleitet wurden. Sie waren zwischen siebzehn und neunzehn Jahre alt und im zwölften Schuljahr. Alle hatten etwas gemeinsam, den Leistungskurs Mathematik, den sie vor einem halben Jahr gewählt hatten. Sie stammten aus drei Parallelkursen. Ich war der Fachlehrer der größten Schülergruppe mit neun Mädchen und neun Jungen. Es war Zufall, dass in fast allen meinen Mathematikkursen die Anzahl der Mädchen hoch war. Das hatte es öfter gegeben. Einmal hatte ich einen Grundkurs mit 28 Schülerinnen und nur drei Jungen.

Da ich Busfahrten seit ewigen Zeiten schlecht vertrug, saß ich weit vorne und war auf der ganzen Fahrt von Düsseldorf nach Schleswig-Holstein nicht sehr gesprächig. Aus diesem Grund verfolgte ich die Unterhaltung zwischen den Schülern nicht weiter. Das leidige Thema *Mädchen und Jungen im gleichen Schlafsaal* war für mich erledigt.

Dafür schweifte ich mit meinen Gedanken zurück in die Zeit Anfang der Siebzigerjahre, als ich mich entschlossen hatte, Lehrer zu werden. Warum eigentlich? Zunächst war es die Mathematik, die ich über alles liebte. Ich wollte Diplommathematiker werden. Dann folgte jedoch mein erfolgreicher Nachhilfeunterricht. Einmal hatte ich eine Schülerin, die an einer anderen Schule im dreizehnten Schuljahr in ihren ersten Klausuren nur Sechsen fabriziert hatte, so trainiert, dass sie im Abitur die beste Mathe-Arbeit mit der Note Gut schrieb. Nicht zuletzt hatte mein mehrjähriger Unterricht als Student an einem Gymnasium den Ausschlag gegeben, dass ich den Lehrerberuf wählte.

Die Schule, in der meine Laufbahn nach dem Zweiten Staatsexamen begonnen hatte, war noch im Aufbau und hatte ein Lehrerkollegium mit jungen Leuten. Ich fühlte mich auf Anhieb wohl und freute mich jeden Morgen, wenn einige humorvolle Kolleginnen und Kollegen mit einem fröhlichen Spruch auf den Lippen das Lehrerzimmer betraten. Da machte ich mit, konnte meine Scherze aus der eigenen Schülerzeit unterbringen. *Tomorrow together!* war eine meiner Begrüßungsformeln, die an Heinrich Lübkes *Equal goes it loose* erinnern sollte, bei den Englischlehrern aber nicht gut ankam. Detlef, ein ehemaliger Klassenkamerad und jetzt Kollege von mir, hatte meinen Spruch ernst genommen. Sein Kommentar lautete, ich hätte noch nie richtig Englisch gekonnt. Als mir mal statt *Grüß Gott!* der Ausspruch *Grüß den Sohn des Großvaters von Jesus!* herausrutschte, reagierte ein Religionslehrer beleidigt. Er verdrehte den Hals, schloss die Augen und stammelte, man könne doch nicht sagen, dass Gott einen Vater gehabt hätte. Das wollte ich auch nicht behauptet haben, wie jemand nicht sagen will, dass minus zwei Personen in einem Raum sein können, wenn er den Spruch loslässt: *In einem Zimmer sind drei Personen. Wie viele müssen wieder hereinkommen, damit das Zimmer leer ist, wenn fünf hinausgehen?*

Mitten in meinen Tagtraum hinein bremste der Busfahrer und hielt an. Wir hatten unser Ziel erreicht. Er schaltete die Musikanlage aus und gab die Musikkassetten an den Schüler zurück, von dem er sie zu Beginn der Fahrt bekommen hatte. Die ganze Tour über waren wir mit Popmusik berieselt worden. Zuletzt liefen die Titel *The Winner Takes It All* von *ABBA* und *The Ballad Of Lucy Jordan* von *Marianne Faithfull*, die in den Charts ganz oben standen. Meine beiden Kollegen hatten nichts gegen die Geräuschkulisse. Mir war es auch egal, obwohl ich das Hören Müssen von Popmusik oder deutschen Schlagern seit 1971 als eine Art Körperverletzung empfand. Den Ausschlag hatte damals eine Fernsehaffäre gegeben. Die mit mir befreundete Sängerin *Manuela* hatte mir zuvor erzählt, dass sie von einem Fernsehredakteur gezwungen worden sei, Tausende von Mark an ihn zu zahlen, damit sie weiter im Fernsehen singen dürfte.

Zu meiner Schulzeit hörte ich diese Musik noch gern. Ich erinnere mich noch an meine letzte Klassenfahrt als Schüler ins Karwendelgebirge, als unser Lehrer mit uns Wanderlieder anstimmen wollte, wir aber unterwegs lautstark *Satisfaction* von den *Rolling Stones* und *Mr. Tambourine Man* von den *Byrds* sangen. Das war fast auf den Tag genau vor fünfzehn Jahren.

Der Fahrer lehnte sich entspannt zurück und fragte mich, ob er in die schmale Gasse bis zum Haupteingang fahren solle, damit wir unser Gepäck dort ausladen könnten. Er müsste aber anschließend einen Parkplatz für den Bus suchen.

Ich nickte, und er fuhr so weit wie möglich vor. Es war sehr eng. Aber zum Aussteigen und Ausladen würde der Platz reichen.

Meine beiden Kollegen Albert und Hermann verließen mit mir zusammen als erste den Bus. Wir sagten den Schülern, sie müssten warten, bis wir den Herbergsvater gesprochen hätten. Der Fahrer blieb auf seinem Sitz und beschäftigte sich mit den Reisepapieren. Dann stieg er aus und öffnete die Gepäckfächer.

Es dauerte nicht lange, bis sich die Eingangstür öffnete und ein Mann um die Fünfzig erschien. Sein Gesicht war knallrot wie sein Hemd. Sein Haar war schütter. Er trug eine lange schwarze Hose, schwarze Socken und Sandalen. Er fuchtelte mit den Händen in der Luft herum und rief in meine Richtung: „Der Bus kann hier nicht bleiben. Der muss weg.“ Das war seine Begrüßung.

Einige Mädchen kicherten. Sie amüsierten sich offensichtlich über den Mann.

Hermann versuchte, ihn zu beschwichtigen: „Wir wollen nur aussteigen und …“

„Sei still, wenn ich mit deinem Lehrer spreche!“, kanzelte der Mann, der sich noch nicht als Herbergsvater vorgestellt hatte, meinen Kollegen mit erhobenem Zeigefinger ab.

Er muss ihn für einen Schüler gehalten haben. Hermann war mit Mitte Zwanzig der jüngste von uns drei Mathematikern. Albert und ich waren Anfang Dreißig.

Jetzt fingen die Mädchen an zu lachen.

„Fahren Sie den Bus weg!“, fuhr der Mann unbeirrt meinen Kollegen Albert an.

Er muss ihn für den Busfahrer gehalten haben, vielleicht weil er eine braune Lederjacke trug.

Albert schüttelte den Kopf und sagte nichts.

„Das ist ja eine nette Begrüßung!“, meldete ich mich schließlich zu Wort, ging auf den Herrn mit rotem Hemd zu, zwinkerte mit den Augen, stellte mich vor und drückte ihm die Hand. „Sie sind, wenn mich nicht alles täuscht, der Herbergsvater?"

Er versuchte, sich bei mir zu entschuldigen und stotterte: „Ja. Ich habe im Moment viel Stress mit der Leitung des Hauses, weiß nicht wo mir der Kopf steht. Kommt alle rein!"

Der Herbergsvater zeigte uns den Weg in den großen Aufenthaltsraum, wo sich alle nach und nach mit dem Gepäck einfanden.

Als ein wenig Ruhe eingetreten war, verkündete der Herbergsleiter: „Eure Räume sind alle im zweiten Stock."

Wie ich es erwartet hatte, meldete sich Bernd zu Wort: „Können wir uns die Schlafräume selbst aussuchen?"

Wir trauten unseren Ohren nicht, als wir die Antwort hörten. „Ja! Egal ob Junge oder Mädchen. Das nehmen wir hier nicht so genau."

„Halt!", rief Albert, „So geht das nicht! Jungen und Mädchen schlafen in getrennten Räumen." Hermann und ich nickten.

„Der hat wohl nicht alle Tassen im Schrank", flüsterte mir Hermann zu. „Der scheint betrunken zu sein, der Herr Herbergsvater."

Ich nickte und grinste.

Einige Schüler taten durch Pfeifen ihren Unmut kund. Sie waren mit der Entscheidung ihrer Lehrer nicht einverstanden, fügten sich aber schließlich, als wir sie scharf ansahen.

Nachdem die Anmeldeformalitäten erledigt und das Gepäck in den Schlafsälen verstaut war, trafen sich alle im Aufenthaltsraum. Die meisten aßen jetzt ihre mitgebrachten Brote und tranken Limo oder Cola aus dem Automaten.

Ich meldete mich zu Wort: „Unser Plan sieht so aus: Morgen um Neun fahren wir mit unserem Bus nach Brunsbüttel und besichtigen das Atomkraftwerk. – Übermorgen fahren wir mit dem Bus zum Eiderstaudamm und von da aus mit der Fähre nach Helgoland. – Am Donnerstag machen wir

Landvermessung im Raum Albersdorf mit anschließender schriftlicher Auswertung. – Freitag geht's zurück nach Hause."

„Wie ist es mit dem Essen?", rief eine der Schülerinnen mit erhobener Hand.

„Bleibt es so, wie im Kurs besprochen? Wir bekommen doch Geld von Ihnen?" Ein Junge aus meinem Kurs wollte sicher gehen.

Lachend zeigte ich meine große Geldtasche. „Hier sind ein paar Hundert Fünfmarkscheine drin. Fürs Abendessen erhält jeder von euch einen Schein, mittags gibt es zwei. Das Frühstück bekommen wir in der Jugendherberge."

Um unseren Aufenthalt flexibler gestalten zu können, hatten wir uns zuvor darauf geeinigt, kein Mittags- oder Abendessen in der Herberge zu buchen, sondern individuell unterwegs zu kaufen. Das dafür benötigte Geld hatte ich bei der Bank in Fünfmarkscheine gewechselt.

Punkt Zehn am Abend hieß es Licht aus. Jugendherberge. Herman, Albert und ich suchten vor dem Schlafengehen unsere Schülerinnen und Schüler in ihren Zimmern auf, um nachzusehen, ob alles in Ordnung war. Mädchen und Jungen hatten sich, wie verlangt, getrennte Räume ausgesucht. Alles Vierbettzimmer. Ob das die ganze Nacht so bliebe, konnten und wollten wir nicht kontrollieren.

Aus heutiger Sicht vielleicht ein wenig fahrlässig von uns.

Erfahrungsgemäß hatten siebzehnjährige Mädchen ältere Freunde und interessierten sich meistens nicht für gleichaltrige Jungen. Von intimen Freundschaften innerhalb der großen Schülergruppe wussten wir nichts. Sie gingen uns auch nichts an.

Am nächsten Morgen wurde am Frühstückstisch eine Änderung unserer Reisepläne verkündet. Albert hatte durch ein Telefonat erfahren, dass der Besuch im Kernkraftwerk ausfallen musste. Da die meisten in unserer Schülergruppe, wie wir bereits wussten, Kernkraftgegner waren, hielt sich die Enttäuschung in Grenzen.

Ich hatte spontan eine Idee: „Leute, wir sind am Nord-Ostsee-Kanal. Ihr wisst, dass die Meereshöhen zwischen Nord- und Ostsee unterschiedlich sind. Damit Schiffe den Kanal durchqueren können, gibt es ein Schiffshebewerk in Brunsbüttel. Ich schlage vor, dass wir das übermorgen besuchen und dafür heute die Landvermessung in Albersdorf machen. Die Helgolandfahrt ist für Mittwoch gebucht. Dabei soll es auch bleiben."

Etwa die Hälfte der Schülerinnen und Schüler hatte als zweiten Leistungskurs Physik gewählt, die übrigen alle den Grundkurs. Das mag ein Grund dafür gewesen sein, dass sie sich für technische Dinge interessierten und sich auf das Schiffshebewerk freuten, was der zustimmende Beifall vermuten ließ.

Die Landvermessung musste dafür herhalten, dass unsere Studienfahrt zumindest ein mathematisches Thema vorzuweisen hatte. Ausschließliche Aktivitäten wie Besuche von Kunstausstellungen hätten nicht gereicht, um eine Genehmigung für die Fahrt zu bekommen. Schirmherrin unserer Landvermessung sollte die *Trigonometrische Eins* sein: *Sinus Quadrat Alpha plus Kosinus Quadrat Alpha gleich Eins.* Immerhin war die Trigonometrie eines der Hauptthemen im ersten Halbjahr des elften Schuljahres gewesen. Bei der Durchführung unseres Plans sollten für die Winkelmessung ein klobiger, alter Theodolit auf einem Holzstativ und für die Längenmessung diverse Bandmaße aus der Sportsammlung sein. Natürlich durften für die Auswertung der Messergebnisse Taschenrechner aus der Mathematik-Sammlung nicht fehlen, denn wer sollte schon wissen, welche Zahl zum Beispiel Sinus von 13 Grad ist.

Zur damaligen Zeit gab es bereits wissenschaftliche Taschenrechner zu erschwinglichen Preisen. Ein Jahrzehnt zuvor hätte man bei der Auswertung noch umständlich mit Logarithmentafeln arbeiten müssen.

Punkt Zehn ging es, mit Schreibblock und Stift bewaffnet, per Bus hinaus aufs Land. Wir fanden nach einer Weile ein geeignetes Gelände, eine große Wiese mit angrenzendem

Bach. Ein nahegelegener hoher Schornstein und eine wuchtige Scheune passten ebenfalls in unser Konzept. So konnten wir die Längen unzugänglicher Strecken berechnen. Die dazu benötigten Winkelgrößen wurden mit Hilfe des Theodoliten gemessen.

Während die jungen Leute zwei Stunden lang intensiv arbeiteten und Ergebnisse notierten, bekamen wir unerwartete Zuschauer. Etwa zehn Kühe hatten sich auf der angrenzenden Weide eingefunden und glotzten unentwegt über den Drahtzaun zu uns herüber. So etwas Verrücktes hatten sie wohl noch nie gesehen: Landvermessung auf einer Wiese. Mit so vielen Leuten.

Nachdem die Messgeräte im Bus verstaut und alle wieder mit ihren Unterlagen in den Bus gestiegen waren, ging die Fahrt zurück ins Zentrum von Albersdorf, wo sich die drei Kurse mit ihren Lehrern trennten, um Mittag zu essen.

Ich fand mit meiner Gruppe ein Gartenlokal, wo wir es uns draußen an drei zusammengestellten Tischen in einer windgeschützten Ecke gemütlich machten, zu Mittag aßen und anschließend die Messergebnisse auswerteten und die selbst gestellten Aufgaben lösten.

Als alle fertig waren, fragte mich Susanne, eine meiner Schülerinnen, was wir mit der restlichen Zeit bis abends machen sollten. Dann auf einmal: „Sie haben uns doch letzte Woche versprochen, einen Schwank aus Ihrem Leben zu erzählen. Jetzt wäre doch eine Gelegenheit dazu.“

Obwohl ich darauf vorbereitet war, war mir die Sache peinlich. Zunächst sträubte ich mich.

Markus hielt mir entgegen: „Sie können sich jetzt nicht drücken. Haben Sie uns nicht erzählt, dass Sie im vergangenen Jahr sogar im Matheunterricht einen Humphrey-Bogart-Film gezeigt haben? War es nicht *Casablanca* oder *Tote schlafen fest*? Dann können Sie uns auch mal etwas Persönliches aus Ihrer Jugend erzählen.“

Ich verstand zwar den Zusammenhang nicht ganz, nickte aber trotzdem.

Daniel meinte: „Sie sind doch sonst nicht so. Vor kurzem haben Sie uns im Matheunterricht Kabarettgeschichten mit *Hanns Dieter Hüsch* vorgespielt."

Ich war überredet und schlug vor, dass sie sich alle auf meine Kosten ein Getränk bestellten, während ich ein wenig Zeit bräuchte, um über eine geeignete Geschichte nachzudenken.

Dass ich längst wusste, welche Story ich notfalls zum Besten geben würde, verschwieg ich. Alles war für den Fall, der jetzt eingetreten war, vorbereitet. Ich zog einen Umschlag aus meiner Jackentasche und öffnete ihn. Zum Vorschein kam ein Stapel Blätter, mit einem Text, den ich mit der Schreibmaschine getippt hatte.

„In eurem Alter war ich ein begeisterter Radfahrer. Ich erinnere mich noch an eine abenteuerliche Tour, die euch vielleicht interessieren könnte. Die Geschichte ist aber lang."

Wie im Chor: „Das macht nichts!"

Eines der Mädchen neugierig: „Haben Sie das extra für uns aufgeschrieben?"

Ich, etwas verlegen: „Nein. Das ist eine Geschichte für sich. Ich habe den Text für *Manuela* geschrieben …"

Marion wollte es genau wissen. „Ist das die Sängerin, von der Sie mal gesagt haben, dass Sie sie kennen. Ich habe es meiner Mutter erzählt. Sie fing daraufhin an zu singen: *Schuld war nur der Bossa Nova. Was kann ich dafür?*"

Alle lachten.

„Ja. Ich habe *Manuela* im letzten Jahr ein paar Mal auf ihrem Berghof in Seeg im Allgäu besucht. Sie wollte unbedingt, dass ich ihre Biografie schreibe. Ich habe ihr zwar gesagt, dass ich das nicht könnte, weil der Text dann zu sachlich ausfiele. Ich bin doch Mathematiker, kein Romanschreiber. Dann hat sie mich nach langem Hin und Her schließlich überredet, wenigstens mal einen Probetext zu schreiben. Den halte ich hier in Händen und lese ihn ihr vor, wenn ich sie im nächsten Monat in den Herbstferien besuche."

Marion, etwas erstaunt: „Die Radtour hat aber nichts mit der Biografie zu tun, oder?“

„Nein, es geht nur um den Schreibstil.

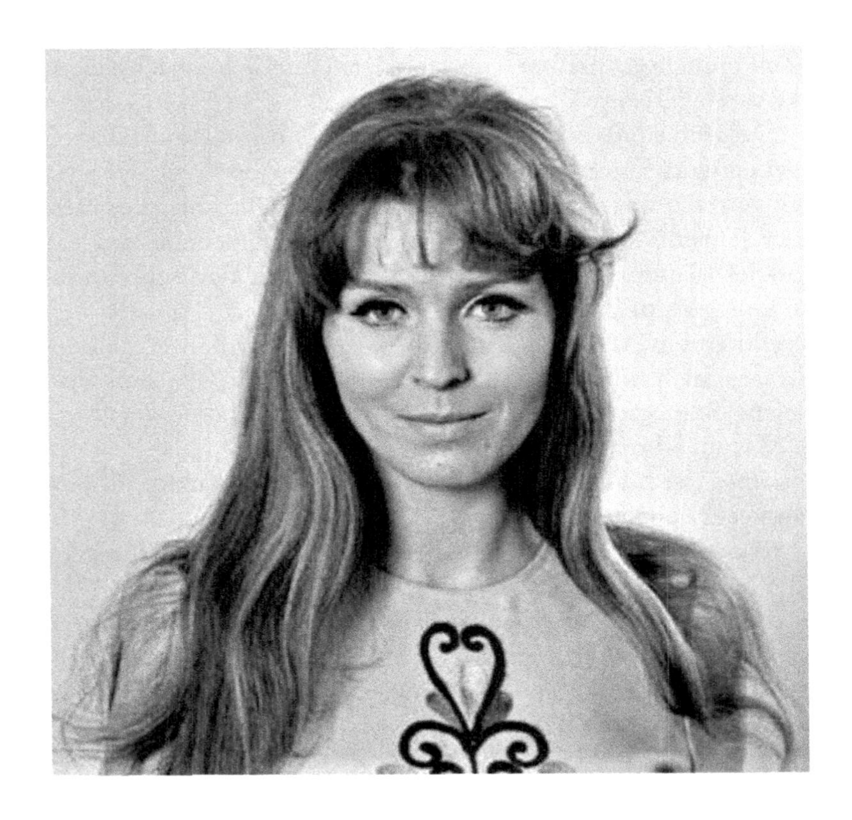

Noch heute erinnere ich mich an die Einzelheiten von 1963, die ich den jungen Leuten 1980 im Gartenlokal vorgetragen habe. Die Geschichte ging folgendermaßen …

>> „Die machen dich nackig! Fahr nicht mit dem Rad nach England! Hörst du, Achim! Fahr bloß nicht! Die machen dich nackig! Glaub mir!“

Dieser bedrohliche Ratschlag stammte von meiner Tante aus Schwalbach an der Saar, die ich im Juni 1963 von

Düsseldorf aus mit dem Fahrrad besucht und der ich erzählt hatte, dass ich in den Sommerferien mit meinem Rad nach England fahren wollte. Wir hatten am Küchentisch gesessen, während sie Brote für mich schmierte. Dabei hatte sie mich immer wieder mit ängstlichen Blicken angesehen und offensichtlich darauf gewartet, dass ich meine Reisepläne überdächte und änderte.

Erst hatte ich die Warnung verdrängt, dann aber am Morgen, als die Fahrradtour beginnen sollte, erinnerte ich mich wieder an die Worte meiner Tante. Was wollte sie einem Sechzehnjährigen mit „Die machen dich nackig" eigentlich sagen? Hatte sie Angst, dass ich auf der großen Fahrt überfallen werden könnte? Eine andere Erklärung kam mir nicht in den Sinn.

Heute könnte ich mir vorstellen, dass sie damals, zur Zeit des Kalten Krieges, als Konrad Adenauer nach vierzehnjähriger Amtszeit immer noch Kanzler der Bundesrepublik Deutschland war, jedoch im Oktober von Ludwig Erhard abgelöst wurde, die Berliner Mauer erst zwei Jahre stand, an die Engländer aus dem Zweiten Weltkrieg dachte, die sich für die deutsche Bombardierung rächen könnten. Ein solcher Gedanke wäre mir damals als Nachkriegsgeborener nicht in den Sinn gekommen. Ich wusste auch zu wenig darüber. Die Eltern sprachen kaum davon, im Geschichtsunterricht der Schule war das Thema *Drittes Reich* ausgelassen worden. Viele Erwachsene in der Bundesrepublik sprachen wegen des verlorenen Krieges oft abfällig über die *Kriegsgewinnler*, wie sie sie manchmal nannten, gaben ihnen Spitznamen. Der Engländer wurde *Tommy* genannt, der Russe, vor dem sie Angst hatten, dass er plötzlich vor der Tür stehen könnte, *Iwan*, der US-Amerikaner *Ami*, der Italiener *Itaker*, der Franzose *Froschschenkelfresser* - im Saarland *Saufranzose* - und so weiter.

Angst hatte ich jedenfalls keine. Mein Schulklassenkamerad Alfons war schließlich bei mir. Ich war doch nicht allein unterwegs. Wir wüssten uns schon zu wehren.

Meine Eltern betrachteten das Vorhaben ebenfalls mit gemischten Gefühlen, jedoch aus anderen Gründen. „Das ist viel zu weit bis zum Lake District“, meinten sie, nachdem sie unser Reiseziel auf der Landkarte gefunden hatten, gaben aber ihre Zustimmung, als sie von mir einen Tourplan mit Adressen von Jugendherbergen bekamen, die wir aufsuchen wollten.

Ein wichtiges Argument überzeugte sie endgültig: „Erst vor wenigen Wochen bin ich allein mit meinem überladenen Fahrrad morgens um sieben Uhr hier in Düsseldorf gestartet und um Mitternacht in Saarbrücken angekommen. Dreihundert Kilometer am Stück und nix ist passiert!“

Das hat sie überzeugt.

Alfons und ich hatten uns Folgendes überlegt. Wir wollten über Aachen nach Belgien und weiter über Antwerpen nach Oostende, um dort mit einer Fähre nach Dover in England überzusetzen. Von da aus sollte es durch die Grafschaft Kent weiter nach London gehen. Dort wollten wir ein paar Tage bleiben. Anschließend sollte es über Southampton durch Cornwall und Wales nach Norden hoch über Liverpool zum Lake District, fast bis Schottland gehen. Von da aus würden wir dann quer durch England einen kürzeren Weg zurück nach Dover finden und wieder den Ärmelkanal überqueren. Von Oostende aus wollten wir Richtung Rotterdam fahren und ein Mädchen in Holland besuchen. Tineke hatten wir ein paar Wochen zuvor auf einer Klassenfahrt in der Jugendherberge in Blankenheim kennengelernt.

Ein naiver Plan, aus heutiger Sicht vielleicht. Mir war damals wahrscheinlich nicht bewusst, dass die englische Landschaft sehr hügelig sein könnte. Wenn doch, dann hatte ich wohl gedacht, dass ich als Bezwinger von Eifel, Hunsrück und Schwarzwald nichts zu befürchten hätte. War ich nicht ein Jahr vor der England-Tour die zehn Kilometer lange Steigung vom Titisee bis zur Jugendherberge auf dem Feldberg an einem Stück, ohne anzuhalten oder abzusteigen, hochgefahren? Doch, war ich, und hatte es jedem, auch wer es nicht hören wollte, stolz erzählt. Es war eine Manie von mir, alle Steigungen, ohne vom Fahrrad abzusteigen, zu bezwingen. Natürlich war es verrückt, um nicht zu sagen eine mörderische Quälerei, mit einer Dreigang-Nabenschaltung beispielsweise auf der damaligen B 51 den Mettlacher, den Trierer oder den Prümer Berg ohne Unterbrechung hochzufahren.

Nachdem ich am Morgen des 23. Juli vor Fahrtbeginn mein rotes Sportfahrrad beladen hatte, stellte ich das fest, was ich zuvor befürchtet hatte. Es war eigentlich für eine so große Tour zu schwer. Neben Kleidung und Proviant hatte ich noch eine halbe Zeltausrüstung mit Aluminiumgeschirr und Kocher an Bord. Sogar eine große Glasflasche mit Brennspiritus war dabei. Die zum Zelt gehörigen schweren Metallstangen hatte ich schon am Vortag auf meinem Rad befestigt, Alfons die Zeltplane. Dass diese Aufteilung später für uns ein Nachteil sein könnte, auf die Idee waren wir nicht gekommen.

Als Alfons, der in der Nachbarschaft wohnte, bei mir erschien, prüften wir noch einmal die Fahrzeuge, bevor es losging. Beide Räder waren überladen. Da das ganze Gepäck auf den Ständern über den Hinterrädern befestigt war, gingen die Vorderräder im Stand immer hoch. Nur beim Fahren berührten beide Räder gleichzeitig den Boden, weil das Körpergewicht des Radlers einen Ausgleich schaffte. Eine wackelige Angelegenheit. Jung wie wir waren, dachten wir aber nicht weiter darüber nach.

„Hast du deinen Ausweis, die Landkarten und Geld dabei?“, fragte Alfons, während er seine Papiere noch einmal überprüfte. „Denk auch an den Jugendherbergsausweis. Wir können vielleicht nicht immer das Zelt aufbauen.“

Er hatte recht. Immerhin ging es ins Ausland: Belgien, England, Holland. Vielleicht sogar noch Dänemark, wenn die Zeit und das Geld reichten. Da brauchten wir zumindest unseren Personalausweis und eine *Visiter's Card* für die Einreise nach England. Diese sollten wir, wie wir im Reisebüro erfahren hatten, am Grenzübergang nach England erhalten.

„Wie geht es deinem Bein? Hast du immer noch Schmerzen?“, erkundigte ich mich, da er mir ein paar Tage zuvor erzählt hatte, dass er Probleme mit der Wade hätte.

„So lala. Mach dir keine Sorgen.“ Der Tonfall seiner Stimme klang allerdings nicht überzeugend.

Bargeld für drei bis vier Wochen hatten wir natürlich dabei. Ich hatte rund dreihundertfünfzig D-Mark gespart und verwahrte sie, den Rat meiner Mutter folgend, in einem Brustbeutel, der mit einer Schnur um den Hals befestigt war. Die müssten reichen, wenn man nicht mehr als zehn Mark am Tag ausgab. Dass dieser Betrag sehr knapp bemessen war, konnten wir nicht wissen, da wir über die Preise in England nicht Bescheid wussten.

Nachdem ich mich von meinen Eltern verabschiedet hatte, konnte ich nicht sofort los. Ich musste erst das Lied, das gerade im Radio lief, zu Ende hören.

*Als die kleine Jane gerade achtzehn war, führte sie der Jim in die Dancing Bar. Doch am nächsten Tag fragte die Mama, Kind, warum warst du erst am Morgen da. Schuld war nur der Bossa Nova, was kann ich dafür …*

Was mich an diesem Lied interessierte, war nicht die Tatsache, dass es ein Hit war, im Juni nämlich die Nummer Eins in den deutschen Charts, sondern es war die Sängerin *Manuela*, in die ich mich verknallt hatte. Sie war drei Jahre älter als ich, und ich kannte sie nicht persönlich. Dass sich das später ändern sollte, konnte ich nicht ahnen. Aber das ist eine ganz andere Geschichte.

Während ich mich noch in der Küche aufhielt, wartete Alfons draußen geduldig. Er drehte schon mal ein paar Runden auf der Straße vor dem Haus.

Als ich zu ihm stieß, sprudelte es aus mir heraus: „Wusstest du, dass *Manuela* nach *Wini Wini* im Mai schon wieder einen Nummer-Eins-Hit hatte? Ich habe ihn eben gehört.“

Alfons schüttelte nur den Kopf.

Um Punkt sieben starteten wir auf der B 8, die hinter unserem Garten verlief, Richtung Köln. Mein in der Lampe eingebauter Tacho zeigte 11347 Kilometer.

Zunächst gab es für uns nichts Neues zu entdecken. Wir waren die Strecke über Langenfeld, Opladen und Leverkusen schon ein paar Mal zuvor gefahren. Da es in den Sechzigerjahren noch nicht viele Radwege gab, mussten wir meistens die Autofahrbahn der Bundesstraße benutzen, was wir als normal empfanden, weil der Verkehr damals längst nicht so stark wie heute war.

Da wir während des Radfahrens, um fit zu bleiben, keinen Alkohol trinken durften, war es egal, dass wir auf unserer ersten Etappe die Alt-Bier-Region verließen und dabei die Kölsch-Bier-Grenze überschritten. Die meisten Biertrinker in Düsseldorf tranken damals Alt, die Kölner Kölsch. Beide Sorten gehörten zur Gattung der Obergärigen Biere.

Ich erinnere mich, dass ich einmal in den späten Sechzigerjahren, als ich an der Kölner Uni Mathematik studierte, in einer Wirtschaft nicht bedient wurde, als ich zur Bedienung „Herr Ober, ein Alt!“ sagte.

In einer Grünanlage im Kölner Militärring legten wir die erste Pause ein, setzten uns auf eine Bank, aßen von unserem mitgenommenen Proviant eine Scheibe Brot und tranken dazu einen Becher Pfefferminztee, den ich in einer alten Feldflasche aufbewahrte. Mein Vater hatte sie aus dem Zweiten Weltkrieg mitgebracht und mir geschenkt, als ich Elf war. Sie war aus Aluminium und mit einem braunen Fell überzogen.

Bevor wir weiterfuhren, prüfte ich noch mal, ob das Gepäck sicher befestigt war, damit ich nichts unterwegs verlöre. Und tatsächlich, mein Regenschutz, der nur mit einem Riemen gehalten wurde, drohte herunter zu fallen. Es war eine schwere Plane aus Gummi mit einer Öffnung für den Kopf, den die Soldaten im Krieg trugen, wenn sie sich in einem Schützengraben befanden. Ein Mitbringsel meines Vaters aus dem Frankreich-Feldzug.

„Ob wir die Hälfte der Strecke bis Brügge heute schaffen?“, fragte Alfons und blickte skeptisch zu mir herüber.

Ich hatte mich inzwischen wieder auf die Parkbank gesetzt.

„Wir haben jetzt dreißig Kilometer und müssten noch neunzig fahren." Mit Kilometern, Abständen und Entfernungen kannte ich mich aus. Das war ein Hobby von mir. Deshalb war der Tacho mit Kilometerzähler für mich, so verrückt das klingen mag, das Wichtigste am Fahrrad.

„Ich meine nur, weil ich etwas Magenschmerzen habe." Alfons war von der Bank aufgestanden und fasste sich an den Bauch.

Ich beruhigte ihn: „Halt bis heute Nachmittag durch! Dann kochen wir Tausendgüldentee. Der ist zwar bitter, aber gut dafür. Meine Mutter hat ihn mir immer gekocht, wenn ich mal Magenprobleme hatte."

Da Alfons diesen Tee nicht kannte, nickte er nur.

Nachdem ich mich auch erhoben hatte, waren wir beide startklar und fuhren weiter Richtung Aachen. Etwa jede Stunde, nach zwanzig Kilometern, legten wir weitere Pausen ein, aßen und tranken ein wenig und betrachteten die Landschaft von einer Wiese am Straßenrand aus.

Als wir in der Nähe von Aachen, im Westzipfel der Bundesrepublik Deutschland, die Grenze erreichten, wurden wir als Radfahrer zu unserer Verwunderung von den Grenzbeamten durchgewunken. Keine Zollkontrolle. Wir hatten zuvor erwartet, angehalten zu werden. Da wir nur über eine Landkarte mit grobem Maßstab verfügten, konzentrierten wir uns auf die Straßenschilder mit dem Hinweis nach Antwerpen. Das lag in der gewünschten Richtung und war nicht mehr allzu weit von Brügge entfernt.

In Grenznähe zu Deutschland sprach fast jeder Deutsch. Weiter im Inland von Belgien wurde es für uns schwieriger, weil wir weder Flämisch noch Französisch verstanden. Französisch sollten wir erst im nächsten Jahr lernen. Mit Englisch konnten wir uns aber gut verständigen.

Die äußeren Bedingungen für unsere Radtour waren fast ideal. Es war trocken, warm und die Sonne schien, aber brannte nicht vom Himmel. Nur eins störte uns. Wir waren es nicht gewohnt, dass uns ein starker Wind entgegenblies. Er war so stark, dass ich bestimmt zwanzigmal anhalten musste, um meine Mütze von der Straße aufzusammeln. Ständig flog sie mir davon. Alfons stopfte seine ins Gepäck und riskierte damit einen Sonnenbrand, bekam aber keinen.

Mein trottelhaftes Verhalten kann ich heute nur noch damit erklären, dass ich panische Angst vor einem Sonnenstich hatte.

Am späten Nachmittag hatten wir unser Zwischenziel erreicht. Alfons hielt an. „Was meinst du, sollen wir hier auf dem Feld unser Zelt aufbauen? Ich werde langsam müde von dem Gegenwind."

Ich nickte, stieg ab, lehnte mein Rad an einen Straßenbaum und setzte mich, ein wenig erschöpft, in den Graben. „Hundertachtzehn haben wir. Alfons, du hast recht, das reicht für heute."

Wir schauten uns um. Nirgendwo war ein Haus zu sehen. Weit und breit nur Ackerland. Nicht weit von der Straße entfernt floss ein Bach, in dem wir uns erfrischen konnten. In Ufernähe war der Ackerboden mit Gras bewachsen. „Hier bauen wir unser Zelt auf", schlug Alfons vor. Er hatte bereits die Zeltplane ausgepackt und wartete darauf, dass ich die Stangen brachte.

„Dürfen wir das eigentlich?" Ich schaute mich ängstlich um wie ein ertappter Dieb.

„Siehst du jemanden, der etwas dagegen haben könnte", kam Alfons' spöttische Antwort. „Noch nie was vom *Jedermannsrecht* gehört? Sei kein Feigling, komm in die Gänge!"

„Das gilt, soweit ich weiß, in Schweden. Dort darf man in freier Natur sein Zelt für eine Nacht aufbauen, wenn man außerhalb der Sichtweite von Häusern ist", konterte ich.

Alfons schmunzelte. „Dann tun wir so, als wären wir in Schweden."

„Witzbold!" Etwas Anderes fiel mir dazu nicht ein.

Wir lachten beide. Kurze Zeit später war alles aufgebaut und unser übriges Gepäck im Inneren des Zeltes verstaut.

Nun hieß es endlich Tee kochen, Pfefferminztee für uns beide, Tausendgüldentee für Alfons' Magen. Wasser hatten wir uns in der letzten Ortschaft am Dorfbrunnen gezapft und in unsere Getränkebehälter gefüllt. Probleme gab es beim Anzünden des Dochtes am Spirituskocher. Weil es zu windig war, kam Alfons auf die Idee, das Gerät im Zelt anzuzünden. Gekocht wurde aber – so schlau waren wir dann doch – draußen.

Zuerst war der Pfefferminztee fertig und musste in den Flaschen abkühlen. Dann hieß es für Alfons, die von mir verordnete Medizin einzunehmen. Als sein spezieller Tee nicht mehr so heiß war, setzte er an, den ersten Schluck zu kosten. Kaum hatte er einen Tropfen in der Kehle, als er einen ohrenbetörenden Schrei von sich gab. „Au, verdammt! Was ist das denn? Willst du mich vergiften?", hörte ich ihn schreien. Dann, nach Luft schnappend: „Bitter ist bitter. Aber das da", er zeigte hechelnd auf seine Tasse, „ist bitterer als bitter. Dafür gibt es keine Worte", hüstelte er verzweifelt.

„Sonst hilft es nicht. Trink ruhig die ganze Tasse aus", versuchte ich ihn zu trösten. „Oder willst du weiter Magenschmerzen haben?"

Alfons überlegte. Dann gab er sich einen Ruck, schluckte mit schmerzverzerrtem Gesicht die ganze Brühe und gab dabei einen Schrei von sich, der sich anhörte, als wenn ein Schwein abgeschlachtet würde. Während ich genüsslich meine Brotration für den Abend aß, legte Alfons sich auf seine Luftmatratze und stöhnte. Ob es wegen des Tees oder der Bauchschmerzen war, ich weiß es nicht. Nach einer halben Stunde war er jedenfalls wie verwandelt. „Der Tee hat tatsächlich geholfen", gab er kleinlaut zu und klopfte mir auf die Schulter.

Nachdem wir das Geschirr gereinigt und im Zelt verstaut hatten, legten wir uns auf die Gummimatratzen und lasen noch so lange, bis es dunkel wurde. Was Alfons gelesen hat, weiß ich nicht mehr. Ich verschlang jedenfalls eine spannende Geschichte, an die ich mich heute nicht mehr genau erinnern kann. Ich weiß nur noch, dass es um einen Mann ging, der jahrelang zu Unrecht eingesperrt war, am Ende aber doch seine Unschuld beweisen konnte. Die Story stammte aus einem der beiden *Reader's-Digest*-Bücher in deutscher Sprache, die ich im Gepäck mitführte und noch lesen wollte, bevor ich sie wegschmeißen würde. Lieber hätte ich mir ein paar *Spiegel*- oder *Rasselbande*-Hefte zum Lesen mitgenommen. Da ich die aber sammelte und deshalb die ganze Tour hätte mit mir herumschleppen müssen, verzichtete ich darauf.

Als wir am nächsten Morgen aufwachten, war es bereits hell. Es war trocken und die Sonne schien. Ich wollte gerade Brot fürs Frühstück aus der Tasche holen, als ich Geräusche vernahm, die von der Rückseite des Zeltes, die man nicht einsehen konnte, wenn man sich im Inneren aufhielt, herzukommen schienen. Erschrocken lief ich ins Freie, Alfons schlaftrunken hinterher. Mit Entsetzen stellten wir fest, dass wir nicht allein waren, nicht auf einem Acker gezeltet hatten, sondern auf einer Kuhweide. Mehrere Kühe glotzten uns aus kurzer Entfernung an und bewegten sich langsam auf das Zelt zu. Wir bekamen es mit der Angst zu tun und überlegten, was wir machen sollten.

„Wir dürfen die Tiere nicht erschrecken, sollten sie einfach ignorieren, unsere Sachen langsam einpacken und von hier verschwinden", flüsterte Alfons.

Ich sagte nichts, nickte nur.

Wir verstauten unser Gepäck langsam, ohne ruckartige Bewegungen und luden es vorsichtig auf die Räder. Die Kühe glotzten die ganze Zeit, kamen aber nicht näher. Wir schoben die Fahrräder über die holprige Weide bis zur Straße, schwangen uns auf die Sättel und fuhren, ohne zurückzusehen, eilig davon.

Da wir noch nicht gefrühstückt hatten, hielten wir schon nach kurzer Zeit an einem Friedhof, wo wir eine Sitzbank fanden, und aßen unsere letzten Brote, die wir von zu Hause mitgebracht hatten. Sie waren bereits angetrocknet. Wir hatten aber keine Alternative, da weit und breit kein Geschäft in

Sicht war, wo wir Lebensmittel hätten kaufen können. Als wir an der nächsten Bank vorbeikamen, tauschte ich D-Mark in 606 Belgische Franc, Alfons einen ähnlichen Betrag.

Kurz vor Antwerpen fing es furchtbar an zu regnen und hörte nicht mehr auf. Wir beschlossen, nicht weiterzufahren, und bauten unser Zelt in einer Lichtung im Wald auf.

Am nächsten Morgen regnete es immer noch, so dass wir uns vornahmen, bis Brügge zu fahren und dort in einer Herberge zu übernachten.

Unterwegs hatten wir zu allem Unglück zwei Pannen, die unseren Zeitplan durcheinanderbrachten. Klatschnass kümmerten wir uns missmutig um die nötigen Reparaturen. Der Gepäckträger an meinem Fahrrad war gebrochen und musste erneuert werden. Erst am Nachmittag konnten wir weiterfahren. Endlich hatte es aufgehört zu regnen. Wir waren wieder frohen Mutes.

In Antwerpen mussten wir die Schelde unterqueren. Dazu schleppten wir unsere schwer beladenen Räder über die Rolltreppen im Sint-Annatunnel. Das war sehr schweißtreibend. Eine Alternative fanden wir nicht, da es wegen der Schifffahrt keine Brücken über den Fluss gab.

Auf der Weiterfahrt machten wir in einer Gaststätte Rast. Nachdem wir uns im Toilettenvorraum des Lokals etwas frisch gemacht und anschließend etwas gegessen und getrunken hatten, schrieb ich meine erste Ansichtskarte, die ich in Antwerpen gekauft hatte, an meine Eltern und meine Schwester Renate:

*Nach guter Fahrt bei heißem Wetter sind wir am ersten Tag bis über die Belgische Grenze gekommen und haben im Zelt übernachtet (120 km). Am zweiten Tag fuhren wir nach dem Mittagessen 80 Kilometer weiter bis kurz vor Antwerpen. Wir übernachteten wieder im Zelt, wurden aber vom Regen überrascht, der bis zum nächsten Nachmittag anhielt. Wir fuhren also nur noch die 20 Kilometer bis Antwerpen. Unterwegs brach mein Gepäckträger an einer Seite, und da es in Belgien keinen passenden zu kaufen gibt, muss ich das schwere Gepäck mit einer Hand halten. Die Straßen in Belgien sind miserabel. Einen Schlauch musste ich auch schon auswechseln. Heute, am vierten Tag, wollen wir weiter bis Brügge fahren (12 km).*

Erst gegen Abend erreichten wir Brügge. Nun wurde es Zeit, sich Gedanken darüber zu machen, wo wir übernachten könnten. Ich hatte ein internationales Jugendherbergsverzeichnis im Gepäck. Gleich mit der ersten Adresse hatten wir Glück. *Europa Dona Nobis Pacem* lese ich heute auf dem Stempel in meinem Mitgliedausweis des Deutschen Jugendherbergswerkes von 1963. So wird das Gästehaus geheißen haben.

Hier fühlten wir uns jedenfalls geborgen, konnten endlich richtig duschen und uns frisch machen. Die Schlafgelegenheiten befanden sich in einem Saal mit vier Doppelbetten, jeweils zwei Betten übereinander. Das fanden wir besser als im Zelt auf einer Kuhweide. Solange das Licht brannte, las ich eine weitere Geschichte in meiner Lektüre.

Am nächsten Morgen fuhren wir nach dem Frühstück in der Herberge mit unseren Rädern weiter Richtung Oostende. Bis dahin waren es nur siebzehn Kilometer, und das sollte in einer Stunde zu schaffen sein. Trödeln durften wir allerdings nicht, wenn wir pünktlich auf der zuvor ausgesuchten Fähre nach Dover sein wollten. Das Schiff müsste dann 113 Kilometer zurücklegen.

Als Alternative zu Oostende hätte sich das etwas südlicher gelegene Calais in Frankreich angeboten. Hier wäre der Ärmelkanal zwischen dem Festland und England zwar nur 34 Kilometer breit, wir hätten aber zuvor länger mit dem Rad auf dem Festland fahren müssen.

Um neun Uhr ging es los. Schon nach wenigen Minuten merkte ich, dass meine Beine heute sich schwer wie Blei anfühlten. Ich musste langsamer fahren, konnte nicht mit Alfons‘ Tempo mithalten und hechelte ständig hinterher. Er musste mehrmals stoppen und auf mich warten. Woran das wohl liegen mochte? Ich machte mir meine Gedanken. So angeberisch es klingen mag, ich hatte in den letzten Jahren größere Radtouren als Alfons gemacht: an einem Tag 205 km von

Konstanz nach Freiburg, 234 km von Freiburg nach Saarlouis, 300 km von Düsseldorf nach Saarbrücken und so weiter. Warum war er trotzdem heute fitter als ich? Was machte ich falsch? Ich kam zu keinem Ergebnis.

Heute hätte ich eine mögliche Erklärung. Alfons war mir auf kurzen Strecken konditionell überlegen, weil er der bessere Sportler von uns beiden war. Im Schulsport konnte ich ihm nie das Wasser reichen. Während er bei Sportfesten regelmäßig Ehrenurkunden bekam, musste ich mich mit Siegerurkunden in der Halle zufriedengeben. Nur einmal erkämpfte ich eine in der Leichtathletik und das auch nur, weil ich im Hochsprung mit meiner unkonventionellen Technik ein Meter fünfundvierzig erreichte. Ich sprang nicht den damals schon bekannten Fosbury-Flop, sondern mit angezogenen Beinen und ziemlich geradem Oberkörper über die Latte. Ein Bild für die Götter, wie mir mein Lehrer bescheinigte, der Diplomsportlehrer Sandrock, der sich immer Studienrat nannte, obwohl er keiner war. Im Weitsprung, Laufen und Kugelstoßen war ich eher mittelmäßig, bewältigte alles mit Mühe. Am Schulhalbjahresende bekam ich nicht wie Alfons die Note Sehr gut, sondern meistens nur ein Befriedigend.

Auf halbem Weg machten wir eine Pause, aßen ein Brot und tranken Tee aus der Herberge. Ich schwieg, weil ich mich schämte, Alfons' Tempo nicht mithalten zu können.

Nach einer Weile meinte er: „Wir haben nicht mehr viel Zeit, bis das Schiff losfährt. Ich fahr schon mal vor und warte dann auf dich an der Personenfähre nach Dover."

Ich nickte.

Er winkte mir zu und fuhr los.

Auf das Wort Personenfähre hatte ich vor Erschöpfung nicht geachtet. Alfons war schon außer Sichtweite, als ich schließlich ebenfalls startete. Während ich allein fuhr, kam es mir vor, als wenn ich, wie gewohnt, flott vorankäme. Schließlich konnte ich das Tempo selbst bestimmen, was ein Vorteil war.

Im Hafen angekommen, wunderte ich mich, dass Alfons weit und breit nicht zu sehen war. In der Nähe der Fähre kaufte ich am Fahrkartenschalter ein Personen-Ticket für eine Hinfahrt mit Fahrrad.

Da ich nur einen Personalausweis bei mir hatte, bekam ich eine pinkfarbene *Visiter's Card* in die Hand gedrückt, die ich ausfüllen und unterschreiben musste. Ich bekam einen Einreisestempel vom *Immigration Office* und hatte nun gültige Papiere für England.

Anschließend suchte ich das Gelände an der Anlegestelle ab, konnte Alfons jedoch nicht finden. Schließlich schob ich mein Fahrrad an Bord und verstaute es unter Deck. Ich wunderte mich zwar, dass sich hier so viele Autos befanden, maß dem aber keine Bedeutung zu, da ich zuvor noch nie auf einer solchen Fähre gewesen war. Hätte ich gewusst, dass es auf einer Personenfähre keine Autostellplätze gab, wäre mir spätestens jetzt klar geworden, dass ich mich auf dem falschen Dampfer befand. So suchte ich weiter in der Hoffnung, ihn an Bord anzutreffen. Doch trotz intensiver Suche konnte ich ihn nicht finden.

Er muss ein anderes Schiff genommen haben, überlegte ich. Oder er ist noch im Hafen von Oostende. Ist er gar auf dem Weg zum Hafen verunglückt? Ein Gedanke jagte den anderen. Schließlich beruhigte ich mich. Ich würde im Hafen von Dover nach ihm suchen und, wenn er dort noch nicht sein sollte, auf die nächste Fähre warten. Mit der müsste er doch dann kommen, dachte ich.

Auch im Hafen von Dover gab es keine Spur von Alfons. Ich notierte mir die Ankunftszeiten der Schiffe, die an diesem Tag noch anlegen würden, und wartete. Zwischenzeitig hatte ich mir ein Quartier zum Übernachten gesucht. Das Zelt war für mich unbrauchbar, weil Alfons die Plane und ich nur die Stangen bei mir hatte. Im Jugendherbergsverzeichnis fand ich eine Adresse, wo ich für eine Nacht bleiben konnte.

Alfons blieb verschollen. Was sollte ich nun machen?

Im obersten Stockwerk der Herberge bekam ich ein kleines Zimmer, das ich allein bewohnen durfte, obwohl dort zwei Betten standen. Es war karg eingerichtet. Neben den Betten gab es nur zwei schmale Schränke für das Gepäck und zwei Stühle. Das britische Youth Hostel war eben auch nur eine Jugendherberge.

Als erstes öffnete ich das Fenster in der Dachgaube und ließ frische Luft in den Raum. Es war neun Uhr abends und noch hell. Mein Blick schweifte über das Dach mit vielen Schornsteinen, die alle mit einer weißen Schicht bekleckert waren: Vogelschiss von den unzähligen Möwen, die sich im Hafengelände niedergelassen hatten. Mein Blick über die Dächer auf den Hafen und den Ärmelkanal fing ein tristes Bild ein, das sich mir so eingeprägt hat, dass ich es heute noch vor mir sehe.

Die halbe Nacht konnte ich nicht schlafen. Was war mit Alfons? Wie ging es ihm? Er machte sich bestimmt die gleichen Sorgen um mich. Es beunruhigte mich sehr, dass ich immer noch keine Idee hatte, wie ich ihn finden könnte.

Toilette und Bad befanden sich auf der anderen Seite des Flurs. Nachdem ich mich am nächsten Morgen frisch gemachte hatte, ging ich um acht in den Gemeinschaftsraum in Parterre, wo es das Frühstück gab. Ich wählte das *Continental Breakfast.* Man konnte zwischen Tea and Coffee, Jam or Marmalade wählen. Ich nahm Kaffee und Jam. Das *British Breakfast* mit Milch und Cornflakes sagte mir nicht zu.

Nach dem Frühstück hatte ich noch Zeit bis zehn Uhr, um die Herberge zu verlassen. Die nutzte ich, um Pläne für die nächsten Tage zu schmieden. Wie könnte ich Alfons wiederfinden? Ich bräuchte eine Strategie.

Während ich nachdachte, setzten sich drei Jungen in meinem Alter neben mich an den Tisch und unterhielten sich auf Englisch. Ich lauschte, konnte aber nicht alles verstehen, weil sie schnell sprachen und möglicherweise einen landesbedingten Akzent in ihrer Aussprache hatten. Ich verstand immer nur „*The Beatles*“ und „*Love Me Do*“ und wusste nicht genau, was sie damit meinten. Nach einer Weile versuchten sie, mit mir ins Gespräch zu kommen, und sprachen deutlicher, als sie erfuhren, dass ich ein Tourist aus Deutschland war. Wie ich Alfons wiederfinden könnte, blieb auch ihnen ein Rätsel.

Dann fragten sie mich, ob ich die *Beatles* kennte. Ja, meinte ich. „I know one song, called *Please Please Me*."

„They are the greatest of the world", meinten sie.

„I thougt that was *Elvis Presley* or *Cliff Richard*", antwortete ich verwundert.

Sie schüttelten alle drei den Kopf. „No, no! *The Beatles*!"

Es dauerte nur ein paar Monate, bis ich einsah, dass sie recht hatten. Die *Beatles* waren plötzlich die Nummer Eins der Unterhaltungsmusik, weltweit.

Ich hatte derweil ganz andere Sorgen. Wie könnte ich meinen verlorenen Klassenkameraden wiederfinden? Telefonieren war nicht möglich. Mobiltelefone hatte man noch nicht erfunden. Von einer Telefonzelle aus hätten wir die Eltern nicht erreichen können, da sie kein Telefon besaßen. Postalisch müsste es möglich sein, Informationen über unsere Aufenthalte weiterzugeben. Dazu würde mir in den nächsten Stunden bestimmt etwas einfallen.

Plötzlich hatte ich eine verwegene Idee. So abenteuerlich sie auch erschien, ich glaubte fest daran: London. Wir würden uns in London wiederfinden, in einer Stadt mit damals acht Millionen Einwohnern. Verrückt, was! Alfons und ich hatten verabredet, für ein paar Tage nach London zu fahren und auf dem Weg dahin die Kathedrale von Canterbury zu besichtigen. Er würde sich sehr wahrscheinlich heute oder morgen von Dover aus auf den Weg machen. Ich müsste das Gleiche tun, unterwegs jedoch noch ein- oder zweimal übernachten, damit er vor mir in London ankäme. Unterwegs würde ich Zettel mit Hinweisen an Straßenschilder kleben, aus denen er ablesen könnte, wann ich dort vorbeigekommen wäre.

Naiv, aus heutiger Sicht.

Wenn ich dann in London einträfe, würde ich eine Jugendherberge nach der anderen absuchen, bis ich ihn fände.

Eine schon etwas bessere Idee.

Um zehn Uhr hatte ich mein Rad bepackt und startete meine Tour Richtung London. Das Wetter war herrlich, strahlender Sonnenschein. In Abständen von etwa zehn Kilometern klebte ich einen Zettel mit Informationen für Alfons an Straßenschilder. Da kein Klebstoff da war, nahm ich Honig, den ich als Brotaufstrich im Gepäck hatte. Die Straße, die ich auf der Landkarte ausgewählt hatte, führte über Canterbury. Ich hoffte, dass Alfons den gleichen Weg fuhr.

Die Kathedrale fand ich auf Anhieb. Nachdem ich sie mir von außen angesehen hatte, besuchte ich das Innere. Obwohl ich mich bisher für Kirchen nur wenig interessiert hatte, gefiel sie mir ausgezeichnet. Sie sollte ein Highlight der Tour bleiben. Ich kaufte mir eine ausführliche Broschüre mit vielen Farbfotos. Noch heute liegt sie in bei mir zu Hause in einer Schublade.

Bevor ich weiter Richtung London fuhr, legte ich in einer Parkanlage in der Nähe der Kathedrale noch eine längere Pause ein. Ich schrieb eine Ansichtskarte an meine Eltern und Renate:

*Ich sitze hier in Canterbury auf einer Bank und weiß nicht, was ich machen soll. Als wir am 27. In Brügge abfuhren, um in Oostende überzusetzen, fuhr Alfons zu weit vor. Seitdem habe ich ihn nicht mehr gesehen. Ich weiß nicht, wo er jetzt ist. Wir wollten erst eine Woche nach London fahren, damit er sein krankes Bein nicht überanstrengt. Hier ist sehr schönes Wetter, und die Überfahrt war herrlich. Ich musste mir in Belgien doch einen neuen Gepäckträger kaufen, obwohl er nicht richtig passt. Auch einen großen Riemen habe ich neu.*

Nachdem ich etwas getrunken hatte, kontrollierte ich mein Rad, ob alles in Ordnung war, und schob es bis zur Straße. Ich orientierte mich, in welche Richtung ich fahren müsste, und traute meinen Augen nicht. Etwa hundert Meter entfernt fuhr ein Radler mit Gepäck, der von hinten aussah wie Alfons. Ob er das ist, dachte ich und schrie seinen Namen. Dann schwang ich mich aufgeregt auf mein Rad und fiel in den Straßengraben, weil ich zu viel Schwung genommen hatte. Wie konnte mir das nur passieren! Gottseidank hatte ich mich nicht verletzt. Nur eine unbedeutende Schramme am rechten Bein. Das Fahrrad wieder startklar zu machen, dauerte vielleicht eine Minute. Aber es war zu spät. Der Radfahrer war nicht mehr zu sehen. So sehr ich versuchte, ihn einzuholen, es gelang mir nicht.

Später sollte ich von Alfons erfahren, dass ich ihn in Canterbury nur knapp verpasste hatte. Er, der drahtige Sportler, war mal wieder schneller als ich, der Kilometerfresser, gewesen.

Enttäuscht fuhr ich weiter, immer weiter, bis Doddington. Dort fand ich nach 111 Kilometern eine Herberge, die mir auf Anhieb so gut gefiel, dass ich mir vornahm, hier zu bleiben und zweimal zu übernachten. Erst dann wollte ich weiter nach London fahren in der Hoffnung, dass Alfons in der Zwischenzeit dort eingetroffen sein würde.

„Doddington – The Garden of England – Kent“ entziffere ich heute mühsam die verwaschene Schrift in meinem Jugendherbergs-Mitgliedsausweis. Die Stempel sind vom 28. und 29. Juli 1963.

Das Youth Hostel bestand aus mehreren Flachbauten, die harmonisch in einer Gartenlandschaft eingebettet waren. Bei trockenem Sommerwetter wäre es ein Vergnügen gewesen, die zahlreichen Liegestühle, Tische und Bänke in der Außenanlage zu benutzen. Aber leider hatte es nach meiner Ankunft angefangen zu regnen. Ich musste mich notgedrungen mit dem Aufenthaltsraum des Hauptgebäudes begnügen.

Aber auch hier war es gemütlich. Alte Möbel im Landhausstil, sehr gut erhalten und blitzsauber. An der Rezeption hatte ich mit meinem Schulenglisch keine Probleme, wie schon in Dover. Ich buchte zwei Übernachtungen und bekam einen Schlüssel für ein Zweibettzimmer in einem Nebengebäude ausgehändigt.

Nachdem ich mein Gepäck im Zimmer verstaut und das Fahrrad in einen extra dafür vorgesehenen Schuppen untergestellt hatte, war ich hungrig und machte mich auf den Weg zum Aufenthaltsraum.

Dort saßen etwa zehn Jugendliche in meinem Alter an drei Tischen, unter ihnen drei Mädchen. Zwei Jungen spielten lautstark Tischfußball. Ich verstand von dem, was sie sagten, kaum etwas. Es klang zwar wie Englisch, musste aber wohl ein Dialekt sein. Außerdem sprachen sie sehr schnell.

Auf einem Tisch an der Fensterwand standen alkoholfreie Getränke: Cola, Wasser, Limo. Daneben fand ich Gebäck, das ich noch nie zuvor gesehen hatte. Es sah aus wie flacher Käsekuchen. Anstatt die kleinen Schilder neben den Waren zu beachten, fragte ich eins der Mädchen, das gerade an mir vorbei ging, ob hier Selbstbedienung wäre und wie man bezahlen könne. Sie lächelte, zeigte auf eins der Schilder, wo geschrieben stand, dass man das Geld auf einen dafür aufgestellten Teller legen sollte.

Irritiert suchte ich nach den Preisen für die Limonade und das Gebäck, das ich mir ausgesucht hatte. Ich fand sie schließlich, kleingedruckt neben den Waren, holte mein Portemonnaie aus der Hosentasche, zählte die Münzen ab und legte sie auf den Teller. Dort lag schon eine Menge Geld, bestimmt mehr als zehn Pfund Sterling.

Wie kann man nur so gutgläubig sein und hoffen, dass alle ihre Ware bezahlen?, fragte ich mich. So etwas hatte ich bisher noch nie erlebt. Doch, halt! Vier Jahre zuvor in der DDR, in der Nähe von Leipzig, da hatte ich Ähnliches gesehen. Bei einer Wanderung im Wald fanden mein Cousin und ich offene Verschläge, in denen sich Getränkeflaschen befanden. Die konnte man kaufen, indem man das Geld freiwillig in eine danebenstehende Schale legte.

Nachdem ich mich ein wenig gestärkt und erholt hatte – der vermeintliche Käsekuchen, der sich als englische Pastete herausstellen sollte, hatte mir allerdings nicht geschmeckt –, überlegte ich, wie ich Kontakt zu meinem verlorengegangenen Begleiter aufnehmen könnte. In jedem Fall wollte ich meine Eltern weiter informieren. Die würden dann bestimmt mit Alfons' Eltern über unser Missgeschick sprechen. Aber würde das etwas nützen? Könnten sie uns von Düsseldorf aus helfen?

Ich entschied mich zu handeln und kaufte an der Rezeption eine Ansichtskarte mit einem Motiv von Doddington. Die würde ich meinen Eltern schicken. Der schnellere Weg über ein Telefonat war leider nicht möglich. Wir besaßen zu Hause kein Telefon, ebenso keiner der Nachbarn.

Ja, so etwas gab es damals in den frühen Sechzigern noch.

An den Text auf der Karte kann ich mich noch erinnern:

*Ich bin hier in der Jugendherberge in Doddington für zwei Tage. Am 30. werde ich nach London fahren und versuchen, Alfons in einer Jugendherberge zu finden. In London schreibe ich Euch eine Postkarte. Hier in Kent ist herrliches Sommerwetter, und die Landschaft ist einzigartig. Ich bin gesund und munter. Mein Fahrrad ist bis auf den Dynamo in Ordnung. Durch das schwere Gepäck habe ich manchmal Panne. Die Reifen verschleißen stark. Ich hoffe, Alfons in London wiederzutreffen. Wenn nicht, dann wäre ich ab dem 2. August in der Jugendherberge in Southampton …*

Es folgte noch die Southamptoner Adresse, die ich aus meinem Jugendherbergsverzeichnis abschrieb.

Meine Hoffnung war, dass Alfons ebenfalls mit seinen Eltern Kontakt aufnähme. Vielleicht könnte er meine Nachricht doch über ein Telefonat bekommen. Die Chance war allerdings nicht groß, da bei ihm zu Hause auch niemand ein Telefon besaß. Er müsste schon mit Nachbarn in Verbindung treten.

Ich hatte die Karte gerade geschrieben und wollte mich nach einer Briefmarke erkundigen, als mir einfiel, dass es sinnvoll wäre, auch Alfons einen Brief zu schreiben und ihn an die Jugendherberge in Southampton zu senden. Wenn er in den nächsten Tagen von London aus weiterführe, müsste er den Brief dort bekommen, da wir vereinbart hatten, dass dies auf jeden Fall unsere nächste Station sein sollte.

Ich schrieb: *Lieber Alfons, sorry, dass wir uns verloren haben. Ich bin ab dem 2. August hier, wo du den Brief erhalten hast …*

Nun benötigte ich noch die entsprechenden Briefmarken, um meine Post abzuschicken. In der Rezeption gab es keine. Man schickte mich in die nächstgelegene Bäckerei.

Ich wunderte mich, dass es in einer Bäckerei Briefmarken geben sollte. Das kannte ich von zu Hause nicht. Dort bekam man die hauptsächlich in der Post, gelegentlich in Geschäften, die Ansichtskarten für Touristen führten. In England war eben einiges anders als in Deutschland.

In der Bäckerei erklärte man mir, welche Marken ich für den Inlandsbrief und die Auslandspostkarte bräuchte, und verkaufte sie mir Ich steckte die Post in den nächsten roten Briefkasten und hoffte, dass meine Aktion etwas bewirkte.

Wieder zurück im Youth Hostel, blickte ich auf die Uhr. Es war acht Uhr abends, zu früh zum Schlafengehen. Ich setzte mich an einen Tisch im Aufenthaltsraum zu einer Gruppe Jungen und wartete darauf, angesprochen zu werden.

Es dauerte nicht lange, bis ein etwa Gleichaltriger neben mir mich ansprach: „My name is Gregory P. Harris. I come from Bearsted in Kent. Where do you come from?“

„Germany. My name is Joachim.“

Er kam sofort auf die *Beatles* zu sprechen, als wenn es nichts Wichtigeres gäbe. Ich kannte das aus Dover. „Do you know *The Beatles*, the best music band oft he world? Number one in England!“

„I‘ve heard *Please Please Me* by *The Beatles*“, antwortete ich, weil ich nicht mehr wusste.

„*Love Me Do* and *From Me To You* are better. What’s the number one in Germany?“

Meine Antwort kam, ohne zu überlegen: „*Schuld war nur der Bossa Nova*. Do you know *Manuela*, a new singer, very beautiful girl?“

Er überlegte. Dann schüttelte er den Kopf. „No. Sorry! No.“

„She’s singing the German cover version of Eydie Gorme‘s *Blame It On The Bossa Nova*, a world hit.“

Er strahlte: „I know that. Wonderful!“ Nach einer Weile fragte er: „Do you know English poems?“

„I've learned some at school.“

„Let me hear!“

Wenn ich jetzt unüberlegt loslegte, könnte ich mich mit meinen mäßigen Englischkenntnissen blamieren, ähnlich wie zwei Jahre später der Bundespräsident der Bunderepublik Deutschland, *Heinrich Lübke*. Man sagte ihm, möglicherweise wahrheitswidrig, nach, bei einem Staatsbesuch von Königin Elisabeth II. von England vor dem Start eines Pferderennens zu ihr gesagt zu haben: *Equal goes it loose*. Das sollte so viel heißen wie: *Gleich geht es los*. Daraufhin wurde er von Spöttern *Meister des unfreiwilligen Humors* genannt. Die Mehrzahl meiner Klassenkameraden und ich sollten diese Titulierung für das deutsche Staatsoberhaupt übernehmen.

„Let me hear, please!“, wiederholte Gregory freundlich und strahlte mich dabei an.

Ich überlegte. Wenn ich die Gedichte aus der Anfangszeit meines Englischunterrichts zitierte, hätte ich bestimmt alle Lacher auf meiner Seite. Mutig begann ich, die erste Strophe von *Heinrich Hoffmanns Struwwelpeter* aufzusagen: „When the rain comes tumbling down / in the country or the town / and all little boys and girls / stay at home and mind their toys. / Robert thought, no, when it poors / it is better out of doors. /Rain it did / and in a minute / Bob was in it. Here you see him, silly fellow, / underneath his red umbrella.“

„Wonderful! *Flying Robert*. More of it!“

Ich überlegte. An die zweite Strophe konnte ich nicht mehr erinnern. Deshalb hatte ich schon von meinem Englischlehrer in der Schule eine Fünf bekommen. Ich musste mir was anderes einfallen lassen. – Soll ich lustige Rätsel vortragen? Ich hatte sie im siebten Schuljahr gelernt. Mit Herzklopfen legte ich los: „Little Nancy Etticoat / in a white petticoat / and a red nose. / The longer she lives, / the shorter she grows. / - What is it?"

„A candle!", brüllten sie im Chor.

Sie kannten sie offensichtlich, die Geschichte von der brennenden Kerze.

Ich weiter: „Humpty Dumpty sat on a wall, / Humpty Dumpty had a great fall. / And all the king's horses and all the king's men / couldn't put Humpty Dumpty together again."

Alle durcheinander: „An egg, an egg!" Sie lachten und klatschten in die Hände.

Sie kannten die Geschichte von *Humpty Dumpty*, dem Ei, das von der Mauer fiel und zerbrach.

Als mir einer auf die Schulter klopfte, wurde ich mutig: „Humpty Dumpty! Nitty Gritty! Wooly Bully! Helter Skelter! Hokey Pokey! …"

Nun waren sie ganz aus dem Häuschen. Sie schlugen sich vor Lachen auf die Schenkel. Inzwischen waren alle Gäste in die Nähe unseres Tisches vorgerückt, um zu verfolgen, was los war. Sie redeten durcheinander. Ich verstand leider nicht, was sie sagten, weil sie zu schnell sprachen.

Ich weiß heute noch nicht, was an meinen Ausführungen so komisch gewesen sein soll, dass ich eine solche Heiterkeit hervorgerufen hatte.

Als es wieder ruhig war, fragte ein Mädchen, das sich mit Shirley vorstellte, ob ich ein deutsches Gedicht auf Lager hätte.

Ich überlegte, welcher Text zur heiteren Stimmung passen könnte. *Schillers Glocke* bestimmt nicht. Auch kein Gedicht von *Goethe*, das ich kannte. Dann fiel mir *Ringelnatz* ein und ich legte los: „War einmal ein Bumerang; / war ein Weniges zu lang. / Bumerang flog ein Stück, / aber kam nicht mehr zurück. / Publikum – noch stundenlang – / wartete auf Bumerang."

Keiner lachte. Ob sie mein Deutsch nicht verstanden hatten? Hatte ich zu schnell gesprochen?

Dann fragte Shirley: „What's the meaning of *Bumerang flog ein Stück*, please?"

Ich versuchte, es auf Englisch zu sagen: „I think it's the same word in English with another pronunciation. – Bumerang means boomerang. A flying object that comes back again." Dabei fuchtelte ich mit den Händen in der Luft herum.

Gelächter. Dann ein Gemurmel. Sie schienen sich gegenseitig zu erklären, was sie verstanden zu haben glaubten. Dann rief einer: „Once again, please!"

Ich trug das Gedicht noch einmal ganz langsam vor und hatte anschließend aufgrund der zustimmenden Reaktionen den Eindruck, dass die meisten den Sinn des Textes verstanden hatten.

„It's a poem by a wellknown German author, *Joachim Ringelnatz*", fügte ich noch hinzu. Aber das schien niemanden zu interessieren, oder sie hatten es nicht verstanden.

Etwas später verabschiedeten sich alle und gingen in ihre Zimmer. Meins war karg ausgestattet. So war das in den Sechzigerjahren. Zwei Betten, Tisch mit zwei Stühlen, Leselampe und Kleiderschrank mit drei kleinen Fächern. Alles Holz. Da die Herberge nicht ausgebucht war, hatte ich Glück. Ich musste das Zimmer mit niemandem teilen. Bevor ich mich schlafen legte, duschte ich noch ausgiebig im Gemeinschaftsbad, das sich im Flur befand. Gottseidank begegnete ich dort niemandem.

Am nächsten Morgen wachte ich um halb acht auf, machte mich frisch und ging in den Gemeinschaftsraum frühstücken. Nachdem ich mich an den Tisch gesetzt hatte, kam eine junge Frau in einer weißen Kittelschürze und stellte die Frage, über die ich mich heute noch amüsieren kann: „Jam or marmalade, tea or coffee?"

Ein paar Jahre später, als ich als Tourist in London war, wurde mir die gleiche Frage vor dem Frühstück in einem Hotel gestellt. Ich hatte mir daraufhin scherzhafterweise angewöhnt, statt *Good morning!* zu sagen *Tea or jam, coffee or marmalade!* Das führte bei der Bedienung jedes Mal, wie beabsichtigt, zu Irritationen.

In Doddington wählte ich coffee und jam und war mit dem Frühstück, den Umständen entsprechend, zufrieden. Das Weißbrot hatte mir nicht besonders geschmeckt.

Anschließend erkundete ich den Garten, der zum Grundstück gehörte. Da das Wetter besser geworden war, es nicht regnete, konnte ich den Vormittag bei angenehmer Temperatur in einem der Liegestühle verbringen. Dabei überlegte ich fieberhaft, wie ich Alfons in der Millionenstadt London aufspüren könnte. Ich fand nur eine vage Lösung: von Herberge zu Herberge ziehen.

Den Rest des Tages verbrachte ich damit, mit dem Rad die Gegend zu erkunden und Proviant für die morgige Weiterfahrt zu kaufen. Zwischendurch aß ich in einer Imbissstube zu Mittag. Das angebotene Menu gefiel mir zwar nicht, ich entschied mich aber für eine Pizza, die allerdings ganz anders schmeckte, als ich es gewohnt war. Andere Länder, andere Sitten, dachte ich und biss in die sauren Tomaten.

Am nächsten Morgen, um neun Uhr nach dem Frühstück, ging die Radtour weiter Richtung London. Gottseidank regnete es nicht. Das Problem mit Alfons‘ Verschwinden lag mir dennoch auf dem Magen.

Um auf andere Gedanken zu kommen, trällerte ich während der Fahrt einige Schlager der letzten Jahre: … *Ein richt'ger Mann muss immer wie ein Tiger sein. / Auf diese Weise wird er immer Sieger sein. / Denn das alleine ist der ganze Trick. / So hat man bei allen schönen Frauen Glück.* … Diesen Rock-Titel von *Peter Kraus* hatte ich so oft im Radio gehört, dass ich den Text in- und auswendig konnte.

Aber auch Songs in englischer Sprache fielen mir ein, gesungen von *Elvis Presley* oder aber auch von *Cliff Richard*, der damals sehr populär war. Der Titel *The Young Ones* war mein Favorit: … *Once in every life time / it comes to love like this. / I need you, you need me. / O, my darling, can't you see? / Young dreams should be dreamed together* …

Falls ältere Passanten meinen Gesang gehört haben sollten, werden sie vielleicht gedacht haben: Armer Irrer. – Vielleicht aber auch nicht. – So waren eben viele Jungen in meinem Alter. Wenn sie keine Mädchen im Kopf hatten, war es die Droge Schlager.

Furchtbar, aus heutiger Sicht.

Als ich die Stadtgrenze erreichte, holte ich meinen Stadtplan aus dem Gepäck, den ich von zu Hause mitgebracht hatte. Zunächst fiel es mir leicht, mich zu orientieren. Als es komplizierter wurde, fragte ich Leute am Straßenrand nach dem Weg. Über die Antworten, die ich erhielt, war ich sehr erstaunt. Sie sprachen alle kein Schulenglisch. Aber nach kurzem Überlegen verstand ich doch was sie meinten, wenn sie zum Beispiel sagten: „Taik sat uai!“, nämlich: *Nimm diesen Weg!*

Mein erstes Ziel, das ich mir schon in Doddington ausgesucht hatte, hieß *Earls Court – Youth Hostel.* In welchem Stadtteil diese Herberge lag, weiß ich heute nicht mehr. Hier jedenfalls übernachtete ich vom 30. zum 31. Juli. Alfons war weit und breit nicht zu sehen. Auch eine Recherche im Gästebuch brachte nichts. Ich musste am darauffolgenden Tag weiterfahren und Alfons in einer anderen Herberge suchen.

Von hier aus schrieb ich die versprochene Karte an die Eltern und Renate:

*Nachdem ich in Doddington (Kent) einen Ruhetag eingelegt hatte, bin ich weiter nach London gefahren (100 km). Nach langem Suchen fand ich in den vielen Straßen eine Jugendherberge. Hier in London ist sehr viel Verkehr, aber alles geht geregelt, die Straßen sind sauber und in guter Form. Das Wetter ist bis auf den sehr starken Wind herrlich. Hoffentlich finde ich Alfons in den nächsten Tagen, die ich hierbleiben werde. Es ist die letzte Möglichkeit. Er hat mein Zelt und ich die Stangen, Schlafsack und Luftmatratze. Jeder, einzeln gesehen, hat also unnützes Gepäck. Ich weiß noch nicht, wie ich die Tour ohne Alfons weiter machen soll. Die angegebenen Adressen, die ihr zu Hause sicher noch habt, bleiben bestehen, nur die Tagesangaben könnt ihr um etwa eine Woche verschieben. Wenn ihr mir sofort schreiben wollt, dann schreibt bitte nach YHA, 461 Winchester Road, Basseett, Southampton. Dort werde ich in etwa einer Woche sein. Morgen schreibe ich wieder.*

Am nächsten Morgen fuhr ich schon um acht Uhr zum wenige Kilometer entfernten *Temporary Hostel.* Dort wollte man mich nicht aufnehmen, weil es überbelegt wäre.

„Es ist kein einziges Bett frei", sagte die junge Dame an der Rezeption.

Enttäuscht lief ich zurück auf den Hof, wo ich mein Fahrrad mit dem aufgeladenen Gepäck abgestellt hatte. Als ich vor meinem Rad stand, traute ich meinen Augen nicht. Nein, konnte das denn sein? Das hätte ich doch bei der Ankunft schon bemerken müssen! Oder, hatte es da noch nicht gestanden? – Alfons' Fahrrad ohne Gepäck!

Ich überlegte und hatte eine gute Idee. Ich kettete mein Hinterrad mit dem Drahtseilschloss an Alfons' Fahrradrahmen. So konnte ich verhindern, dass er meinen Drahtesel übersah und unbemerkt wegfahren konnte.

Dann ging es zurück zur Rezeption. Ich bettelte solange, bis ich ein Bett in einem großen Schlafsaal für 48 Personen bekam. Das gefiel mir zwar nicht, war aber im Moment die beste Lösung. Für mein Gepäck hatte ich ein Schließfach mit Drahtgitter bekommen, das wie ein Kaninchenstall aussah. Das Vorhängeschloss musste man selbst mitbringen oder konnte es an der Rezeption gegen Gebühr ausleihen.

Nachdem ich mein Gepäck verstaut hatte, suchte ich angestrengt das ganze Gebäude und Herbergsgelände ab, fand allerdings kein Lebenszeichen von Alfons. Entmutigt machte ich mich noch einmal auf den Weg in die Schlafsäle. Dort war er auch nicht. Schließlich lief ich die Treppe hinunter zur Rezeption um nachzusehen, ob er sich ins Gästebuch eingetragen hatte. Ich fand seine Unterschrift für vorgestern und gestern, aber nicht für heute. Was hatte das zu bedeuten? War es noch zu früh für ihn, sich wieder einzutragen oder wollte er nicht hierbleiben, sondern weiterreisen? Während ich an sein angekettetes Fahrrad dachte, war ich schon wieder auf dem Weg nach oben in den Schlafsaal, um meinen Regenumhang für alle Fälle zu holen. Dabei benutzte ich nicht die Treppe, die ich zuvor heruntergegangen war, sondern eine andere.

Kurze Zeit später kam ich wieder am Gästebuch vorbei und konnte es kaum glauben, was ich sah. Alfons hatte sich soeben für heute eingetragen. Wir waren aneinander vorbeigelaufen, ohne uns zu bemerken. Blitzschnell lief ich zu den Fahrrädern. Sie standen beide an ihrem Ort, wie es schien, unberührt. Das konnte nur bedeuten, dass Alfons sich noch auf dem Gelände aufhielt oder es zu Fuß verlassen hatte. Eine eilige, aber systematische Suche nach ihm im ganzen Herbergskomplex blieb erfolglos. Andere Gäste anzusprechen, erschien mir in diesem Moment nicht sinnvoll, da ich mich vor innerer Aufregung sprachlich überfordert fühlte.

Enttäuscht machte ich mich auf den Weg, um mir Sehenswürdigkeiten in London anzusehen. Da ich mein Rad aus verständlichen Gründen nicht benutzen konnte, fuhr ich mit der U-Bahn. Die wurde in London *Underground* oder auch *Tube* genannt.

Viele Jahre später missbrauchte ich scherzhafterweise dieses Wort. Ich nannte die Internetplattform *YouTube* im Gespräch mit anderen *DuUntergrundbahn*. Ich erntete jedes Mal nur ungläubiges Kopfschütteln. Bis heute habe ich niemanden außer mir gefunden, der diesen Ausdruck witzig findet.

Mit der *Underground* fuhr ich zunächst zur *Tower Bridge*, zum *Piccadilly Circus*, anschließend zum *Trafalgar Square*. Unterwegs traf ich zwei Touristen aus der Schweiz, in meinem Alter. Wir beschlossen, London zusammen zu erkunden.

Leider regnete es die ganze Zeit. Dennoch erfreute ich mich am Anblick dieser weltberühmten Stätten, die ich bis dahin nur von Postkarten, Fotos in Zeitschriften und aus dem Fernsehen kannte. Als das Wetter mir zu ungemütlich wurde, entschloss ich mich, etwas zu besichtigen, das im Trockenen war: *Madame Tussauds' Wachsfigurenkabinett* in der Marylebone Road. Der Eintrittspreis für dieses Museum sprengte beinahe meinen Budgetrahmen – ich hatte nur etwa zehn Mark pro Tag berechnet –, und es störte mich ein wenig, dass ich fast eine

Stunde in einer Warteschlange auf dem Bürgersteig verbringen musste, um eintreten zu können. Dennoch hat sich der Besuch gelohnt. Diese Ausstellung, die ich fünfzehn Jahre später noch einmal besucht habe, ist mir heute noch in guter Erinnerung. Viele Figuren sind mir recht lebensnah erschienen, beispielsweise *Humphrey Bogart,* einige Furchterregende wie *Jack the ripper* haben mich erschreckt.

Abends zurück in der Herberge hoffte ich, endlich Alfons anzutreffen. Trotz intensiver Suche vor allem im Speisesaal und den Schlafräumen fand ich ihn nicht. So ein Pech, dachte ich. Wie kann das nur möglich sein? Er muss sich doch irgendwo hier aufhalten!

Bevor ich schlafen ging, blieb ich noch eine Weile im Aufenthaltsraum. Bei dieser Gelegenheit lernte ich einen schwedischen Jungen kennen, der etwa zwei Jahre älter als ich war und aus Skövde kam. Er hieß Peter Amkvist und war wie ich in den Sommerferien auf der Durchreise in London.

Peter hörte sich meine Geschichte vom verlorengegangenen Klassenkameraden geduldig an, wusste aber auch keinen anderen Rat, als Alfons im Youth Hostel zu suchen und das Fahrrad weiter angekettet zu lassen. Sein Englisch war besser als meins. Vor allem die Aussprache mit dem leichten skandinavischen Akzent gefiel mir. In den Siebzigern erinnerte mich die schwedische Popgruppe *Abba* mit ihrem Gesang an diese Sprechweise. Am Ende unserer langen Unterhaltung tauschten wir unsere Adressen aus. Jahre danach haben wir uns noch ein oder zweimal Ansichtskarten geschrieben.

Bevor ich schlafen ging, schrieb ich noch eine große Ansichtskarte an meine Eltern und Renate:

*So groß diese Karte auch ist, mein Glück war größer. Ich habe Alfons wiedergefunden. Ich fand durch Zufall sein Fahrrad in einer Londoner Schule, die zurzeit als Jugendherberge eingerichtet ist. – London ist eine sehr schöne Stadt, die Straßen sind breit und gut und die Häuser sehr modern. Heute habe ich mir zusammen mit zwei Jungen aus der Schweiz einige der Sehenswürdigkeiten angeschaut. Es ist einmalig. Eines ist schlecht. Die Übernachtung in der Jugendherberge kostet 2,00 bis 2,70*

*DM. Das Essen ist nicht gut. Es gibt nur Weißbrot zu kaufen. Geschäfte mit Lebensmittel gibt es sehr wenige, Wirtschaften fast gar nicht. Um nicht zu verhungern, muss ich viermal am Tag essen. Ich brauche etwa 10 DM am Tag. Ich komme also keine sechs Wochen mit dem Geld aus, wenn ich nicht wieder im Zelt schlafen kann.*

Als ich zu später Stunde den großen Schlafsaal betrat, waren schon fast alle Betten belegt. Von Betten konnte man eigentlich nicht sprechen. Es waren Nachtlager auf dem Fußboden. Ich kam mir vor wie in einem Kriegslazarett, das ich aus Filmen kannte. Müde zählte ich die Leute. Es waren tatsächlich über vierzig. Jeder hatte eine Matratze mit grauem Bettlaken, ein Kopfkissen und Zudecke, beides in grau gestreifter Bettwäsche. Ich kam mir wie ein Gefängnisinsasse vor.

An Schlafen war fast die ganze Nacht über nicht zu denken. Der Geräuschpegel war unerträglich. Ständig wälzten sich Jungen auf ihren Lagern, sprachen laut, standen auf und liefen herum. Furchtbar. Erst gegen morgen war es ruhig.

Die Situation erinnerte mich an die Jugendherberge in Altenkirchen im Westerwald. Dort war ich als elfjähriger Schüler auf einer einwöchigen Klassenfahrt. Auch da war der Schlafsaal so groß, dass vierzig Jungen drin übernachten mussten. Hier hatte ich zum ersten Mal eine derartige seelische Belastung überstehen müssen.

In London nahm ich aber alles in Kauf. Für mich war nur eines wichtig: Ich hatte die große Chance, Alfons am nächsten Tag zu finden.

Und tatsächlich, am nächsten Vormittag war es soweit. Ich war gerade mit dem Frühstück fertig, als er durch eine der offenstehenden Türen des Speisesaals kam. Er lief schnurstracks aufs Buffet zu, schüttete sich einen Becher voll Tee und nahm Ausschau nach einem freien Tisch. Schnell hatte er einen entdeckt und steuerte auf ihn zu. Mich hatte er offensichtlich nicht bemerkt. Er erweckte auch nicht den Eindruck, als wenn er damit rechnete, mich hier zu finden.

Die aneinandergeketteten Räder hatte er wohl noch nicht bemerkt, ging es mir durch den Kopf. Was soll's! Er ist da.

Freudenstrahlend erhob ich mich und eilte auf ihn zu. Als er mich bemerkte, sah er mich mit erstauntem Blick an und ließ beinahe den Teebecher fallen. Er konnte ihn gerade noch festhalten und auf den Tisch stellen. Dann kam er auf mich zu. Wir umarmten uns kurz und boxten uns gegenseitig auf die Brust.

Alfons, freudenstrahlend: „Wo kommst du denn her? Mit dir habe ich ja gar nicht mehr gerechnet. Habe mir große Sorgen gemacht. Endlich haben wir uns wiedergefunden. Wo warst du denn in Oostende abgeblieben?“

„Alles der Reihe nach! Wir haben uns eine Menge zu erzählen. Setzen wir uns erst mal.“

Als er von mir erfuhr, dass ich schon einen ganzen Tag hier im Youth Hostel wohnte, glaubte er mir das zunächst nicht. Erst recht die Tatsache, dass sein Fahrrad seit gestern Morgen an meins gekettet war, brachte ihn dazu, sich an die Stirn zu fassen, den Kopf zu schütteln und zu stammeln: „Ich fasse es nicht.“

Nachdem ich ihm meine Geschichte ab dem Moment der Trennung vor Oostende erzählt hatte, berichtete er seine. Er habe verabredungsgemäß an der Fähre auf mich gewartet. Ich sei aber nicht gekommen. Da sei er allein nach Dover übergesetzt und habe sich dort einer Gruppe Jugendlicher angeschlossen, die auf einem Campingplatz übernachtete. „Ich habe dich in Dover überall gesucht, aber nicht gefunden. Am nächsten Morgen, keine Hoffnung mehr. Bin allein nach London gefahren. In Canterbury eine Pause eingelegt, die Kathedrale angesehen. Das wollten wir ja eigentlich gemeinsam machen.“

„Und dann in London?“

„Zunächst hatte ich Pech. Fußverletzung an der Pedale. Hinzu kommt, dass ich immer wieder Schmerzen im Bein habe. “

„Lass mal sehen!“

Alfons zog seinen Socken aus und zeigte mir den geschwollenen Fuß. Dann erzählte er weiter: „Ich konnte kaum noch fahren vor Schmerzen, kam aber bis zu dieser Herberge. Seitdem bin ich hier und habe mir ein paar Sehenswürdigkeiten angeschaut. Das Fahrrad habe ich abgestellt, interessierte mich nicht mehr. Verfluchter Fuß, verfluchter Linksverkehr!"

„Tut es immer noch weh?"

„Höllische Schmerzen! Die Fahrradtour ist für mich möglicherweise zu Ende. Leider können wir nicht mehr zusammen bis zum Lake District fahren. Vielleicht klappt es noch mit Holland und Dänemark." Er blickte mich an, als wollte er mich um Entschuldigung bitten.

Enttäuscht entgegnete ich: „Schade! – Aber ich sehe ein, dass deine Gesundheit wichtiger ist als unsere Radtour." Dann, nach einer Weile zerknirscht: "Alleine möchte ich auch nicht weiterfahren …"

Mitten in meine Niedergeschlagenheit platzte Alfons mit einem Vorschlag: „Lass uns ein Bier trinken gehen. Ich habe vorgestern nach langem Suchen einen Pub gefunden, der ein einigermaßen trinkbares Gebräu anbietet …"

„Obwohl wir erst sechzehn sind?"

Alfons schmunzelnd: „Das wissen die doch nicht. Das sieht man uns auch nicht unbedingt an."

Ich skeptisch: „Und die wollen auch keinen Ausweis sehen?"

„Nicht, dass ich wüsste."

Wir machten uns zu Fuß auf den Weg. Alfons wusste noch genau, wo es langging. Nach etwa zehn Minuten betraten wir das Lokal. Es trug den Namen *Newcastle*. Um nicht ständig im Blickfeld zu sein, setzten wir uns nicht auf den Barhocker am Tresen, sondern auf einen Stuhl an einen Tisch für zwei Personen. Die Bedienung kam sofort und nahm unsere Bestellung entgegen: zwei *Newcastle Brown Ale*.

„Die anderen Biersorten kannst du vergessen", versicherte mir Alfons mit Kennerblick.

Er hatte recht. Nachdem die Kellnerin unsere Gläser gebracht hatte, sah ich mir mein Getränk erst mal an. War ohne Schaum. Sah schal aus. Ich war skeptisch, wollte aber kein

Spielverderber sein. Alfons und ich prosteten uns zu, und jeder trank einen großen Schluck. Erstaunt stellte ich fest, dass es einigermaßen schmeckte, ein wenig an Düsseldorfer *Altbier* erinnerte. Ich war zufrieden. Hatte ich doch zuvor nur Schlimmes über englisches Bier gehört.

Erst jetzt kam ich richtig dazu, meinen Blick im Lokal wandern zu lassen. Da ich zuvor noch nie einen englischen Pub besucht hatte, konnte ich nicht beurteilen, ob es niveauvoll eingerichtet war. Es unterschied sich nicht sehr von den wenigen Gaststätten, die ich bis dahin in Deutschland kennengelernt hatte. Es schien mir nur dunkler zu sein, als ich es gewohnt war.

Jetzt, wo wir gemütlich zusammensaßen, glaubte ich, dass der rechte Augenblick gekommen sei, ein Thema auf die Tagesordnung zu bringen, über das wir während der ganzen Fahrt noch nicht gesprochen hatten: Mädchen.

„Du, sag mal, Alfons, bist du eigentlich, seit wir zu Hause losgefahren sind, schon einem Mädchen begegnet, das dir besonders gut gefallen hat? – Ich nämlich nicht."

Alfons sah mich erstaunt an und überlegte. Dann sagte er: „Ich glaube, nein. – An Tineke, die wir am Schluss unserer Tour in den Niederlanden besuchen wollen, ist bisher kein Mädchen herangekommen."

Ich schluckte, sagte aber nichts, weil ich mich auch für die Holländerin interessierte. Wir hatten sie nur wenige Wochen zuvor auf einer einwöchigen Klassenfahrt in der Jugendherberge in Blankenheim in der Eifel kennengelernt. Dort gehörte sie zu einer holländischen Mädchenklasse. Mir gefiel das Mädchen sehr, ich versuchte aber nicht ernsthaft, mit ihr zu flirten, weil ich vom ersten Moment an meinte, gesehen zu haben, dass sie nur Augen für Alfons hatte. Ich rechnete mir keine Chancen aus.

Um von Tineke abzulenken, aber dennoch beim Thema zu bleiben, erzählte ich ihm eine Story von einer großen Radtour im letzten Sommer.

„Wir waren fünf Radfahrer, Alter fünfzehn. Stationen: Linz, Worms, Karlsruhe, Bad Herrenalb, Rottweil, Titisee, Feldberg, Laufen, Konstanz, Freiburg, Saarlouis. Unser Benehmen auf dieser Fahrt war häufig sehr kindisch. Tagelang hatten wir alle einen Babyschnuller im Mund, um auf uns aufmerksam zu machen. – In den Wormser Dom wurden wir nicht hineingelassen, weil wir Schirmmützen mit Coca-Cola-Werbung trugen. Mein albernes Argument dem Kirchendiener gegenüber, der Papst trage schließlich auch ein Käppi in der Kirche, nützte natürlich nichts. – In Restaurants bestellten wir bockig fünf *Düssel-Alt*, eine spezielle Biersorte, die es nur in Düsseldorf gab und nicht serviert werden konnte. Alternativ wollten wir dann eine große Limo, ein Starkbier und ein Stück Torte, was wir einmal sogar bekamen. – Auch meine Frage, die mir in einer Physikstunde eingefallen war und für die ich bei meinen Mitschülern bekannt war, brachte Kellnerinnen beim Bestellen eines Abendessens jedes Mal auf die Palme: *Was haben die Brotzeit und das Lichtjahr gemeinsam?* Niemand kam auf die Antwort, die ich hören wollte: *Beide haben nichts mit einer Zeiteinheit (wie zum Beispiel 1 Stunde oder 1 Jahr) zu tun.* – In einem Lokal trafen wir auf eine Reihe von Gästen. Unter ihnen musste ein Bayer oder Österreicher gewesen sein, denn er rief laut: *Servus*! Da sprang ich auf, hob meine rechte Hand wie beim Melden in der Schule und rief: *Der Knecht*! Die Leute starrten mich an. Einer fragte, was das soll. Ich antwortete schmunzelnd: *Ich dachte, Sie wollten lateinische Vokabeln abfragen.* Die Leute verbaten sich solchen Unsinn und hätten uns beinahe hinausgejagt. – Was Mädchen anging …“

An dieser Stelle unterbrach mich Alfons durch lautes Lachen. Dann ergänzte er: „Erinnerst du dich noch an unsere Radtour, Osterferien letztes Jahr? Nach Luxemburg, durch Südwest-Deutschland? In jedem Lokal bezahltest du deine Rechnung auf den Pfennig genau mit Münzen. Die Kellnerinnen reagierten darauf mehrmals mit *Perfekt!* Von dir Komiker, wie du oft einer warst, kam postwendend die Antwort: *Plusquamperfekt!*“

„Die schauten mich dann jedes Mal an, als wenn ich vom Mond gekommen wäre."

Alfons: „Wahrscheinlich hatten sie das Wort noch nie zuvor gehört. Ich glaube, das kennt man nur am Gymnasium."

„Das war doch auf der Tour, als unser dritter Mann verloren ging, nicht wahr?"

Alfons: „Ja, es waren auf unserer ersten Etappe nur noch zwanzig Kilometer bis Blankenheim. Da fing es an zu regnen. Horst wollte, dass wir uns in einer Wirtschaft unterstellten. Was wir auch taten. Ewas später war er nicht mehr dazu zu bewegen weiterzufahren. Er fuhr vom nahegelegenen Bahnhof aus mit dem Zug zurück nach Düsseldorf. Sein Fahrrad ließ er stehen."

„Das musste später dann sein Vater mit dem Auto holen. – Nun lass mich mal weiter erzählen von der Tour der fünf Freunde. Wo war ich stehengeblieben? – Ach ja! Was Mädchen anging, waren wir im richtigen Alter. Ich machte den albernen Vorschlag, jeder solle den Mädchen, die im geschätzten Alter zwischen dreizehn und zwanzig waren, ins Gesicht sehen und ihr Aussehen still benoten. Am Abend verglichen wir unsere Ergebnisse. Meins war einmal zum Beispiel 4 (sehr gut) – 21 (gut) – 43 (befriedigend)."

An dieser Stelle meiner Erzählung musste Alfons wieder lachen, dieses Mal so laut, dass sich viele Gäste im Lokal zu uns umdrehten. „Ihr wart ja vielleicht eine verrückte Truppe! Schade, dass ich nicht dabei war."

Dann kam ich auf das Thema Mädchen zurück. „Ich habe noch keine hübsche Engländerin gesehen. Nicht einmal unter den Sängerinnen. Einigermaßen gefallen haben mir nur *Lulu (I'm A Tiger)* und *Helen Shapiro (Walkin' Back To Happyness)*. Ganz im Gegenteil zu anderen Stars wie *Lill Babs (Aber du)* aus Schweden und *Conny Froboess (I Love You Baby)* oder gar *Manuela* aus Deutschland.

Alfons sagte eine Weile nichts. Dann flehte er mich an: „Lass es gut sein. Ich kann das alles nicht mehr hören. Du weißt, dass ich mich für Schlagermusik nicht interessiere. Seit

diese *Manuela Hula-Serenade*, oder wie das Lied heißt, singt, hast du kein anderes Thema mehr. Versprich mir, auf der weiteren Ferienfahrt nichts mehr von Musikstars zu erzählen!"

Ich nickte nur.

Er hatte ja recht. Nur wenige Jahre später sollte ich den Entschluss fassen, keine Musik-Unterhaltungssendung mehr im Fernsehen anzuschauen. Den Anlass hatte die, wie ich es verstanden hatte, rechtswidrige Tat eines Fernsehredakteurs gegeben. Er soll *Manuela* erpresst haben, ihm Schmiergelder zu zahlen, damit sie weiter im Fernsehen auftreten dürfte. Die Sache ging schief. Ihre Karriere war damit zu Ende. Dass ich mich für *Manuela* so sehr interessierte, konnte Alfons nicht verstehen. Er konnte ja nicht ahnen, dass sie und ich mal ein Paar werden sollten und sogar übers Heiraten sprechen würden.

Nicht erst seit heute sehe ich mir keine Unterhaltungssendungen mehr im Fernsehen an. Das Radio schalte ich nur noch ein, um Nachrichten zu hören. Das Geplärre der meisten Sender kann ich seit vielen Jahren nicht mehr ertragen.

Nach einer kleinen Gesprächspause, in der wir von unserem Tisch aus Blicke durch den Pub hatten schweifen lassen, fragte mich Alfons, was ich denn in Doddington die ganze Zeit über gemacht hätte.

Ich erzählte ihm von den Gedichten, die ich von mir gegeben hatte. „Die meisten waren von der Qualität *I hide myself behind myself and then I try to find myself.*"

Alfons lachte. „Ich verstecke mich hinter mir und versuche dann, mich zu finden." Er wurde ernst. „An Gedichte aus dem Englischunterricht möchte ich eigentlich nicht so gern erinnert werden."

Ich ahnte auch, warum. Er war erst kürzlich von seinem Englischlehrer Kula, der ihn eine Zeit lang *Puzzi* genannt hatte, weil er *Nimmt er?* versehentlich mit *Puts he?* statt *Does he put?* übersetzt hatte, kalt erwischt worden. Alfons hatte die Zeile *One clear call for me* mit *Ein Klarer ruft nach mir* übersetzt. Die Klasse war in ein Gelächter ausgebrochen, und Kula hatte nichts Besseres zu tun, als ihm eine Fünf zu verpassen.

„Und weißt du auch, warum mir das Missgeschick passiert war?"

„Na klar! Du hattest gedacht, da säße jemand an einem Bar-Tresen und würde Trübsal blasen."

„Und warum habe ich das wohl gedacht? – Kula hatte mir keine Zeit gegeben, das Gedicht erst mal in Ruhe zu lesen. Ich musste blind vom Englischen ins Deutsche übersetzen: *Crossing the bar*, von *Alfred, Lord Tennyson*: *Sunset and evening star, / And one clear call for me! / And may there be no moaning of the bar / When I put out to sea, …*"

In Wirklichkeit ging es in dem Gedicht aus dem Jahre 1889, wenn ich mich recht erinnere, um den Übergang vom Leben in den Tod, vom Fluss des Lebens in die Tiefe des Ozeans.

Aus heutiger Sicht fällt mir zu unserem Englischunterricht ein, dass wir in den Bereichen Rechtschreibung und Grammatik zwar viel gelernt haben, es jedoch ansonsten nicht über Übersetzungen in beide Richtungen hinausging. Sprechübungen in Englisch waren leider Mangelware.

„Wir trinken jetzt unser Bier aus und fahren zum *Hyde Park*. Oder warst du da schon?", beendete Alfons seufzend unser Gespräch.

„Nein. Eine gute Idee. Um deinen Fuß zu schonen, lassen wir am besten die Räder stehen. Wir nehmen die U-Bahn."

„Da ist noch was. Der Linksverkehr ärgert mich tierisch. Fast auf der ganzen Welt fährt man rechts. Die haben sie hier doch nicht alle."

Da ich das ebenso empfand, pflichtete ich ihm bei.

Kurze Zeit später hatten wir dank Alfons' Routine im U-Bahn-Fahren und dem Umgang mit den Fahrplänen unser Ziel, den *Hyde Park*, erreicht. Nachdem wir ihn einmal zu Fuß umrundet hatten, setzten wir uns auf einen freien Platz auf der großen Wiese und beobachteten die Leute. In *Speaker's Corner* waren keine Protestkundgebungen. Die sollten hauptsächlich sonntags stattfinden.

Warum, weiß ich nicht, aber ich begann, über die britischen Währungseinheiten nachzudenken. Da ich mich leidenschaftlich für Mathematik interessierte, machte es mir nichts aus, DM-Beträge in die britische Währung umzurechnen und umgekehrt. Aber Leuten, die kein Händchen fürs Rechnen hatten, dürfte es nicht leichtgefallen sein, krumme DM-Beträge pfenniggenau umzurechnen. Der Haken an der Sache war nämlich damals noch der, dass 1 Pfund Sterling 11,71 Deutsche Mark wert war, 20 Schilling 1 Pfund ergaben und 12 Pence 1 Schilling. Aus diesem Grund gab es die Münze mit dem Loch, Sixpence genannt. Zwei Sixpence ergaben einen Schilling.

Nachdem wir noch eine Weile durch den *Hyde Park* geschlendert waren, fing es wieder an zu regnen, und wir machten uns auf zur nächsten U-Bahn-Station. Da wir nicht sofort zurück zum Hostel wollten, fuhren wir noch über eine Stunde kreuz und quer unterirdisch durch London. Wir liebten es, mit der *Underground* zu fahren. In Düsseldorf ging es damals ja nur oberirdisch mit der Straßenbahn.

In der folgenden Nacht konnte ich besser schlafen, trotz der misslichen Umstände im überfüllten Schlafsaal. Alfons, der ja schon zwei Tage hier wohnte, hatte Glück. Er durfte in seinem Acht-Mann-Zimmer bleiben.

Während des Frühstücks beschlossen wir schweren Herzens, mit den Rädern Richtung Dover zurück zu radeln. Viel lieber wären wir weiter nach Norden zum Lake Distrit gefahren.

Aus Rücksicht auf seine Verletzung schlug ich vor, einen Zwischenstopp einzulegen: „Mensch, lass uns doch eine Nacht in Doddington bleiben! Es wird dir dort gefallen."

Alfons nickte. Er klopfte mir auf die Schulter und meinte augenzwinkernd: „Nur zu! Ich habe gehört, da gibt es Engländer, die gern lustige Gedichte hören. Klasse!" Er verdrehte die Augen.

„Die gleichen Leute werden wahrscheinlich nicht mehr da sein. Die waren bestimmt nur ein paar Tage dort und sind jetzt auf und davon."

„Macht nichts! Bloß weg aus der Großstadt! Sind da nicht Liegestühle in der Parkanlage?"

„Lass dich überraschen!"

„Gut für mein Bein."

Auf dem Weg nach Doddigton legten wir Pausen ein, um Alfons' Fuß nicht zu überlasten. Einen Arzt wollten wir nicht aufsuchen, weil wir nicht wussten, wie die Rechnung zu bezahlen wäre. Das wenige Bargeld brauchten wir für die Weiterreise. Eine Krankenversicherungskarte besaß Alfons nicht; er war, wie damals üblich, bei seinen Eltern mitversichert. Einen Nachweis hatte er nicht dabei. Er hatte sich, genau wie ich, vor Fahrtbeginn keine Gedanken über eine mögliche Erkrankung gemacht.

Während der Fahrt konnten wir uns nicht unterhalten, denn wir mussten uns ständig auf die Straße konzentrieren, nicht zuletzt wegen des Linksverkehrs. Während der Rast sprachen wir oft Englisch, übersetzten Wörter und überlegten, welche Redewendungen wir kannten. Wenn wir nicht weiterwussten, sahen wir in einem kleinen Langenscheidt-Wörterbuch nach, das ich mir vor den Sommerferien gekauft hatte. Das zweibändige dicke Wörterbuch *Schöffler Weis*, das wir in der Schule benutzten, hatte ich zu Hause gelassen.

„What's the meaning of *Nitty Gritty*", fragte ich mal.

Er war ratlos. „I don't know. Why will you know that now?"

Alfons Antwort zeigte beispielhaft die Schwächen auf, die wir nach drei Jahren Englischunterricht noch hatten. Damals war mir das nicht so bewusst wie heute.

Ich hätte *Why do you want to know* ... gesagt, wäre mir aber auch nicht sicher gewesen, ob das richtig ist.

Das Folgende sagte ich lieber auf Deutsch.

„Über *Nitty Gritty* haben die Jungs und Mädchen in Doddigton besonders gelacht. Ich hätte gern gewusst, warum."

Heute fällt mir zu dieser Episode etwas ein. Zwei Jahre nach unserer London-Tour hatte *Manuela* ihre erste englische Single-Schallplatte bei der Firma *Decca* in London aufgenommen und in England veröffentlicht. Titel: *The Nitty Gritty.* Den Songtext habe ich bis heute noch nicht ganz verstanden.

„Kannst du *Lu mo lo, lo leit eppes* ins Englische übersetzen?", fragte ich unvermittelt.

„So eine blöde Frage! Übersetz das erst mal ins Deutsche!“ Alfons verdrehte die Augen. „Ich kann kein Französisch. Du weißt, wir besuchen zwar das Gymnasium, aber den mathematisch-naturwissenschaftlichen Zweig.“

„Quatsch! Es ist Saarländisch und bedeutet *Guck mal da, da liegt was.*“

So ging es die ganze Zeit hin und her, bis ich anfing, selbstgetextete Lieder zu singen. Eines ging so, nach der Melodie von *Ein Jäger aus Kurpfalz*. Das Original musste die Klasse häufig auf Wanderungen mit dem Lehrer singen. Furchtbar! Meine Version klang so: *Ein Neger aus der Pfalz der reitet durch den dunklen Wald, so wie es ihm gefällt* …

„Hör bloß auf mit dem Quatsch!“ Alfons fasste sich an den Kopf. „So was Hirnrissiges will ich nicht …“

„Du verstehst eben etwas anderes unter Humor als ich.“

Aus heutiger Sicht würde man den Text vielleicht rassistisch nennen, und ich könnte ihn nicht über die Lippen bringen. Als Sechzehnjähriger war mir das nicht bewusst. Damals in den frühen Sechzigern in der Bundesrepublik, als man schwarze Menschen *Neger* nannte, junge Frauen *Fräulein* und Fahrende Musikanten *Zigeuner*.

Ich erinnere mich, dass ein kleines Kind mal zu seiner Mutter sagte: „Guck mal, Mama, ein Neger!“

„Das ist ein schwarzer Mann. Der kommt aus Afrika“, war ihre Antwort.

Das Kind: „Macht der hier Urlaub?“

„Nein, der ist vielleicht ein Gastarbeiter.“

Alfons‘ Reaktion hatte mir immerhin zu denken gegeben.

Als wir weiterradelten, ging mir so allerlei durch den Kopf. Alfons hatte die besseren Englischkennnisse. Warum hatte er in der Schule trotzdem dieselbe Note wie ich? Beim Vergleich aller Zeugnisse unserer Klassenkameraden stellten wir mal fest, dass keiner vom Englischlehrer eine Eins oder Zwei bekommen hatte, Detlef als einziger eine Drei, der Älteste, Wolfgang, eine Fünf und alle anderen eine Vier. Damit waren Alfons und ich gleichzeitig der Zweitbeste und der

Zweitschlechteste. Und dennoch. Ging es um Grammatik, konnte ich ihm nicht das Wasser reichen. Dafür wusste ich stets, ohne das Lehrbuch aufzuschlagen, auf welcher Seite und an welcher Stelle eine Vokabel zum ersten Mal auftauchte. Typisch Mathematiker! Dieses fotografische Gedächtnis war mir nur leider in diesem Zusammenhang nicht von Nutzen.

Am frühen Nachmittag erreichten wir unser Ziel. An der Rezeption der Herberge in Doddington erfuhren wir, dass wir nur eine Nacht bleiben könnten. Das Haus sei anschließend ausgebucht.

Von den anwesenden Gästen erkannte ich nur zwei wieder. Als sie mich sahen, kamen sie auf mich zu, und wir begrüßten uns herzlich. Sie nannten mich schmunzelnd *Mister Humpty Dumpty*.

Mir war das peinlich und ich versuchte sofort, zum Thema zu kommen. „You know, I was looking for my friend. I've found him in London."

Sie waren sehr erstaunt, dass ich meinen Freund wiedergefunden hatte. „In London? Great! I can't believe it. What's his name?"

Alfons: „My name is Alfons."

„And my name is Bob and this is Tom." Und nach einer Weile: „Why are you not on the way to the Lake District?"

Ich überlegte, was ich sagen sollte. Mir fiel nicht gleich eine passende Antwort ein. Ich scheute mich, wie so oft, wegen meiner schwachen Englischkenntnisse, Fehler zu machen. Um Zeit zu gewinnen, sagte ich: „Please, wait a minute. I shall tell you about that."

Alfons und ich gingen zum nahegelegenen Selbstbedienungsladen. Wir kauften Getränke und Kekse und schlenderten mit den Engländern in die Parkanlage, wo wir an einem runden Tisch Platz nahmen. Nun erzählten wir den beiden, was wir in London erlebt hatten und warum wir nicht mit den Fahrrädern weiterreisen konnten.

Abschließend bekundeten sie ihr Bedauern über unsere Rückreise: „What a pitty that you must go home."

Als Alfons und ich schließlich allein waren, kauften wir an der Rezeption eine Tageszeitung und ruhten uns in den Liegestühlen aus, bis es gegen Abend anfing zu regnen.

Weil die Schmerzen in Alfons‘ Fuß in der Nacht nicht nachgelassen hatten, beschlossen wir am nächsten Morgen am Frühstückstisch, langsam, mit vielen Pausen, weiter Richtung Dover zu radeln.

Nachdem wir den Frühstückstisch abgeräumt hatten, machte Alfons den Vorschlag: „Lass uns in Dover übernachten und am nächsten Morgen nach Oostende übersetzen.“

Ich nickte, ließ mir aber nicht anmerken, dass ich enttäuscht war, dass unsere Englandtour langsam zu Ende ging.

„Achim, wenn es mir nach der Überfahrt nicht besser geht, fahre ich mit dem Zug zu Tineke nach Holland. Du hast die Wahl, kannst mit der Eisenbahn mitkommen oder mit dem Rad fahren.“

Ich überlegte einen Moment. „Mit dem Zug will ich nicht. Ich fahre mit dem Rad.“

Alfons: „Du alter Kilometerfresser! Von Oostende aus sind es über zweihundert Kilometer. Du wirst erst im Dunklen ankommen. Also nimm das Zelt mit.“

Auf der Tour nach Dover ließen wir uns, wie am Vortag, viel Zeit, und kamen daher erst am späten Nachmittag in der Herberge an. Es war dieselbe, in der ich bei der Hinfahrt übernachtet hatte.

Die ganze Zeit über habe ich Alfons bewundert, dass er trotz der Schmerzen am Bein und am Fuß nicht einmal geklagt hatte. Nur wenn ich ihn danach gefragt habe, hat er kleinlaut zugegeben, dass er Probleme hatte.

Im Youth Hostel konnten wir uns zu unserer Freude ein Zweibettzimmer aussuchen. Am nächsten Morgen frühstückten wir zeitig und machten uns auf den Weg zum Hafen. Dieses Mal achteten wir darauf, dass niemand verloren ging.

Mit der Personenfähre ging es hinüber nach Belgien. Auf dem Schiff schrieb ich wieder eine Karte mit dem Datum vom 6. August 1963 nach Düsseldorf:

*Nachdem ich Alfons in London wiedergefunden hatte, bin ich noch drei Tage dortgeblieben. Da man nicht länger als vier Tage in einer Londoner Jugendherberge schlafen darf, sind wir zurück nach Doddington gefahren und dort noch einen Tag geblieben. Das Wetter war sehr schlecht. Es regnete in Strömen, und es ist sehr kalt. Das Essen in England ist so schlecht, dass wir total ausgehungert sind, obwohl wir oftmalig am Tag essen. Alfons kann nicht mehr Radfahren, weil sein Bein krank ist, ein Muskelriss. Da ich nicht allein in England bleiben möchte, fahre ich mit ihm nach Rotterdam. Von da werde ich allein weiter nach Dänemark fahren und über die Vogelfluglinie zurückkehren. Ich konnte leider nicht mehr nach Southampton fahren, um nachzusehen, ob Post von Euch da ist. Ich bin gesund und munter, nur etwas geschwächt durch das Essen. Mein Fahrrad ist auch in Ordnung.*

In Oostende angekommen, entschieden wir endgültig, dass Alfons mit dem Zug nach Rotterdam fährt und ich mit dem Fahrrad. Wir beschlossen, uns am nächsten Tag um Zwölf bei Tineke zu treffen. Alfons wollte in Rotterdam übernachten, ich in unserem Zelt in der Nähe des Hauses im Mauritsweg, wo Tineke wohnt. Nach unserer Schätzung müsste der Ort Ridderkerk-Rijsoord etwa zehn Kilometer von Rotterdam entfernt sein.

Etwa um 15 Uhr verabschiedete ich mich am Bahnhof von Alfons, nicht ohne die komplette Zeltausrüstung auf mein Fahrrad zu laden. Das war nun noch schwerer als zuvor, und ich hatte 245 Kilometer vor mir. Dafür würde ich mindestens dreizehn Stunden brauchen. Aber ich war guten Mutes, weil ich ein paar Wochen zuvor mit einem ähnlich beladenen Rad eine noch längere Strecke an einem Stück bewältigt hatte. Einen Unterschied gab es jedoch. Damals kannte ich die Strecke in- und auswendig. Heute fuhr ich durch eine für mich unbekannte Gegend, und das möglicherweise sechs Stunden lang im Dunkeln.

Die äußeren Bedingungen für die Tour waren ideal: sonniges Sommerwetter, nicht zu warm, kein Regen, Dunkelheit erst nach 22 Uhr. Meine Taktik war, die ersten hundert Kilometer zügig zu fahren und nur kurze Stopps einzulegen, es danach langsamer angehen zu lassen, Kräfte zu schonen und längere Pausen zu machen. Für ein warmes Essen war keine Zeit; belegte Brötchen, die ich unterwegs kaufte, sollten genügen. Trinken wollte ich nur Mineralwasser, das ich mir an Imbissbuden besorgen würde, und notfalls Trinkwasser aus Dorfbrunnen am Wegesrand. Den Weg fand ich dank einer alten Straßenkarte, die ich an einer Tankstelle geschenkt bekommen hatte. Der Maßstab der Karte war zwar für Radfahrer zu groß, aber ich musste damit zurechtkommen.

An ein gemütliches Fahren auf den ersten hundert Kilometern war nicht zu denken. Ich strampelte zügig, solange ich ausgeruht und kräftig war. Von der Landschaft sah ich nicht viel, da ich mich aufs Fahren konzentrierte. Wie hatte Alfons mich genannt? Kilometerfresser!

Gedanklich hatte ich mich noch nicht ganz von England verabschiedet. Ich musste an den Englischunterricht denken. Wie würde Herr Kula wohl reagieren, wenn ich ihm vor der Klasse auf seine alljährliche Frage „Na, wo warst du in den Ferien? Bestimmt in Italien, am blauen Meer. Übersetz mal ins Englische: Schön waren die Stunden in Amalfi!“ erklärte, dass ich in London gewesen wäre, mit dem Fahrrad.

Diese unverschämte Unterstellung hatte er im Jahr zuvor am ersten Schultag nach den Sommerferien von sich gegeben. Es war der Morgen, an dem ich zu spät zur Englischstunde erschienen war und, nachdem ich an die Tür geklopft und eingetreten war, zur Begrüßung „Tomorrow together!“ statt „Good morning!“ in den Klassenraum gerufen hatte. Wörtlich übersetzt bedeutete *Tomorrow together* zwar *Morgen zusammen*. Damit meinen die Engländer allerdings den folgenden Tag und nicht den auf die Nacht folgenden Morgen. Kula hatte meinen Spruch nicht als Spaß, eine Art Heinrich-Lübke-Englisch, verstanden und mir gewohnheitsmäßig eine Fünf verpasst.

Zurück zu meiner rasanten Fahrt durch Belgien.

Mitten in meinem Tagtraum wurde ich plötzlich wach, als ich ein Mädchen, oder war es eine junge Frau, auf dem

Radweg auf mich zukommen sah. Sie trug einen orangefarbenen Pulli, eine kurze blaue Hose und Turnschuhe. Ihre blonden langen Haare flatterten im Fahrtwind. Sie lächelte und sah dabei umwerfend gut aus. In dem Moment, als sie an mir vorbeirauschte, machte ich einen Fehler und drehte mich zu ihr um. Es dauerte nur einen Moment, bis es Peng machte, ich mit dem Rad ins Schlingern kam und schließlich in den Graben stürzte.

„Ja, ist es denn die Möglichkeit! Was war das denn?“, brüllte ich verärgert.

Was war geschehen? Ich hatte mit der rechten Schulter ein tiefhängendes Straßenschild gestreift und die Balance verloren.

„Können die nicht ihre Schilder höher hängen!“

Verdutzt betrachtete ich den Schaden. Ein Teil meines Gepäcks war zu Boden gefallen. Der Lenker war zwar verdreht, aber nichts beschädigt. Lediglich meine Schulter schmerzte leicht, und das Mädchen war verschwunden.

Ich setzte mich wieder auf den Boden und dachte nach. So etwas war mir beim Radeln noch nie passiert. Oder doch? Da war doch was vor langer Zeit, als ich Zwölf war. In Saarlouis. Auf einem Trottoir, wie im Saarland der Gehweg bezeichnet wurde. Ich war tagträumend mit dem Kopf gegen einen Laternenmast gelaufen und hatte, verdutzt die Stirn reibend, gleich den nächsten ebenfalls mit der Brust gerammt. Das war mir damals sehr peinlich.

Je näher ich an die holländische Grenze kam, desto mehr befiel mich ein mulmiges Gefühl. Könnte es sein, dass ich Probleme mit den Kontrolleuren bekomme, wenn ich als sechzehnjähriger Ausländer nachts die Grenze mit dem Fahrrad passieren wollte? War das überhaupt erlaubt? Ich beschloss, alles auf mich zukommen zu lassen.

Als ich die Grenze zwischen Belgien und den Niederlanden erreichte, war es bereits dunkel.

Wieso sehe ich kein Hinweisschild, ging es mir durch den Kopf, und wieso gibt es keine Kontrolle? War ich zu erschöpft, um die Grenze zu erkennen, oder war sie zwischen Holland und Belgien offen? An den Grenzen zwischen Deutschland und Belgien und Belgien und England war doch eine Kontrolle. In England musste ich sogar eine *Visiter's Card* vorzeigen. Merkwürdig!

Nach einem kurzen Moment der Irritation riss ich mich zusammen und fuhr zügig weiter Richtung Rotterdam. Erleichterung kehrte ein. Ich war guten Mutes, den Rest der Strecke auch noch zu bewältigen.

Unterwegs ging mir so einiges durch den Kopf. Vor allem Tineke. Könnte sie meine neue Freundin werden? Wohl kaum. Wenn sie sich für einen von uns interessierte, dann war es Alfons. Ihn hatte sie in Blankenheim auf dem Burghof vor der Jugendherberge immer angehimmelt, wenn er in ihrer Nähe war. Ich hatte das beobachtet. Sie hat sich mit uns beiden gern unterhalten. Aber ich hatte jedes Mal das Gefühl, dass sie mich weniger beachtet hat als Alfons.

Warum ich nicht um ihre Gunst gekämpft habe, kann ich mir heute nur so erklären. Einerseits war ich wohl zu schüchtern. Andererseits hatte ich kurze Zeit zuvor im Saarland Annemarie kennengelernt, in die ich mich wohl verliebt hatte. Annemarie war allerdings erst dreizehn, eigentlich zu jung für mich, wie ich damals fand. Die Holländerin war immerhin drei Jahre älter.

Die Geschichte in Blankenheim endete so, dass Alfons und ich Tineke versprachen, sie im Sommer zu besuchen. Sie war einverstanden und sagte uns beim Abschied, dass sie sich freute, wenn wir mit den Rädern vorbeikämen.

Morgens um vier Uhr erreichte ich mein Ziel. Obwohl ich hundemüde war, fand ich Tinekes Haus fast auf Anhieb.

Es war viel zu früh, um an der Tür zu klingeln. Daher beschloss ich, in der Nähe am Straßenrand mein Zelt aufzubauen, auf einem Grünstreifen neben dem Gehweg, der die Straße säumte. Ich untersuchte das Gelände. Die Wiese war mit kleinen und mittelgroßen Büschen bepflanzt. Genaueres war wegen der Dunkelheit nicht zu erkennen. Ich hörte ein

Gluckern und vermutete, dass ein Bach oder Graben in der Nähe wäre. Es beruhigte mich, Wasser in der Nähe zu haben. Ich könnte bei Bedarf etwas kühlen oder waschen.

Hier müsste es gehen, dachte ich und fing an, mein Gepäck vom Rad zu laden. Da ich eine möglichst dunkle Stelle, auf die kein Licht der Straßenlampe fiel, ausgesucht hatte, war es gar nicht so einfach, meine Sachen zu sortieren. Vielleicht wäre es doch klüger gewesen, in der Nähe einer Laterne zu campieren. Ich sah, dass ein älterer Mann auf dem Gehweg stehengeblieben war und zu mir hinübersah. Er rief etwas auf Holländisch, was ich nicht verstand. Das Wort *Politie* meinte ich mehrmals vernommen zu haben und erschrak. Wollte er die Polizei holen? War das Zelten am Straßenrand in den Niederlanden verboten?

Als hätte ich nur eine Panne gehabt, tat ich so, als wollte ich mein Gepäck wieder aufs Rad laden und beobachtete dabei heimlich den Mann. Soll er ruhig weiterröcheln, dachte ich. Sein Geschimpfe auf Holländisch klang für mich wie ein Röcheln.

Nach einer Weile schüttelte er wiederholt den Kopf. Dann machte er sich schimpfend davon.

Erleichtert machte ich eine Verschnaufpause, setzte mich auf den Boden und dachte nach. Dabei fiel mir im Zusammenhang mit dem Wort *röcheln* ein peinliches Erlebnis aus der Kindheit ein. Eine viel ältere Cousine von mir hatte uns mit ihrem Mann besucht. Der war Holländer.

Da er meiner Meinung nach sehr komisch sprach, fragte ich meine Mutter: „Warum röchelt der Mann so? Ist er krank?"

„Bist du still! Der Mann ist Holländer. Die sprechen so", fauchte meine Mutter mich an und beendete die Diskussion.

Nachdem mir so allerlei Gedanken durch den Kopf gegangen waren, begann ich von Neuem, die Zeltplane, die Metallstützstangen und Heringe zurechtzulegen. Dabei musste ich daran denken, wie ich ein paar Wochen zuvor mein Zelt nach einer Dreihundertkilometertour nachts um ein Uhr auf einer abgelegenen Wiese am Waldesrand aufgestellt hatte. Ohne Publikum natürlich.

Aber jetzt war es anders. Ich musste damit rechnen, von Passanten gestört zu werden. Vielleicht würde sogar die Polizei kommen. Bekäme ich dann Probleme als Ausländer in einem fremden Land? Ich verdrängte meine Befürchtungen und begann, meine Schlafstelle am Wegesrand herzurichten.

Noch heute wundere ich mich, dass mir der Zeltaufbau trotz großer Müdigkeit wieder problemlos in der Dunkelheit gelungen war.

Als das Zelt stand, nahm ich das Fahrrad mit ins Innere und ruhte mich im Schlafsack auf meiner Luftmatratze aus. Einschlafen konnte ich erst nach einer halben Stunde. Als ich einen Blick nach draußen warf, sah ich, dass es inzwischen hell geworden war. Es muss nach Fünf gewesen sein, als ich einschlief.

Durch den Straßenlärm wurde ich wach. Es war elf Uhr.

Ich überlegte. Vor Zwölf würde Alfons nicht auftauchen. Wenn ein Bach in der Nähe wäre, könnte ich mich ein wenig frisch machen. Denn so wie ich war, könnte ich nicht bei Tineke klingeln. Schließlich hatte ich eine lange Tour hinter mir und trug immer noch die Kleidung von gestern. Frühstücken müsste ich auch.

Ich sah mich um. Nur wenige Meter von meinem Zelt entfernt floss tatsächlich ein Bach. Dort könnte ich wenigstens Gesicht, Arme und Oberkörper notdürftig waschen. Seife hatte ich mit, sogar einen Rasierapparat zum Nassrasieren und einen kleinen Handspiegel. Zwei Handtücher sowieso. Das Rasieren war eine umständliche Prozedur, aber es ging mit Seifenschaum, den ich mit der Klinge abkratzte. Zuhause rasierte ich mich immer elektrisch.

Das Wasser zu trinken, wagte ich nicht, obwohl es so klar aussah wie das aus den Dorfbrunnen, von dem ich unterwegs getrunken hatte. Nicht einmal die Zähne zu putzen, traute ich mich.

Sehr viel später, in den Neunzigerjahren, sollte ich einmal den Fehler machen, aus einem Bach mit scheinbar frischem Quellwasser zu trinken. Es war auf einer Radtour in der Nähe von Ramsau im Salzburger Land. Ich war gerade die Steigungen am Hirschbichl hochgefahren und musste, ein wenig erschöpft, oben eine Pause einlegen. Meine Trinkflasche war leer, und ich hatte einen höllischen Durst. Das Bachwasser sprudelte spritzig den Hang hinab, und ich konnte der Verführung nicht widerstehen, davon zu trinken. Anschließend lag ich drei Tage mit Magen-Darm-Beschwerden im Bett.

Hier in der Nähe meines Zeltes waren mir die neugierigen Blicke der Passanten peinlich. Sie liefen auf dem Gehweg neben der Straße entlang, blieben jedes Mal stehen und sahen zu mir hinüber. Diese blöden Gaffer! Aber das musste ich in Kauf nehmen. Wenigstens beim Umziehen konnte ich mich den neugierigen Blicken der unerwünschten Zuschauer entziehen. Ich hatte ja mein Zelt.

Zum Frühstücken hatte ich keine Vorräte mehr. Nur einen Rest Wasser in meiner Feldflasche. Ich müsste mir Brötchen aus einer Bäckerei holen, aber möglichst bald. Die Geschäfte würden sicher zur Mittagszeit schließen. Wenn ich aber jetzt meinen Platz verließe, fiel mir siedend heiß ein, könnte ich Alfons verpassen, der doch jeden Moment kommen müsste.

Ich wartete bis Eins. Warum kam er nicht? Es war doch abgesprochen, dass wir uns mittags bei Tineke träfen. Hatten wir uns wieder missverstanden und zum zweiten Mal verloren? Nein, das durfte nicht wahr sein!

Es blieb mir keine Wahl. Ich musste ihn suchen. Aber wo? Ich lud das Gepäck mit meinen persönlichen Sachen aufs Rad. Das Zelt verschloss ich, so gut es ging, mit Schnüren und ließ es stehen. Dann fuhr ich ziellos durch den Ort, kaufte in einer kleinen Bäckerei Brötchen mit Wurst, setzte mich an den Straßenrand und aß etwas. Ich überlegte angestrengt, was ich tun könnte, um Alfons zu finden.

Die erste Idee setzte ich sofort in die Tat um. Ich fragte auf Deutsch und Englisch Passanten, ob sie einen Radfahrer mit

Gepäck gesehen hätten. Zweimal hieß die Antwort zu meiner großen Erleichterung: ja. Ich ließ mir den Ort beschreiben, wo sie meinen Freund gesehen haben wollten. In beiden Fällen passten auch die Zeitangaben.

Ich machte mich auf den Weg zu der Stelle, wo ich Alfons anzutreffen hoffte. Als ich dort ankam, staunte ich nicht schlecht. Da stand ein Zelt. Mein Zelt. Alfons war nirgendwo zu finden.

Dann fiel es mir wie Schuppen von den Augen. Hatten die Leute nicht gesagt, dass sie einen Jungen gesehen hätten, der sich an einem Bach rasierte? Erst jetzt wurde mir klar: Ich hatte mich selbst gesucht. Und gefunden. Enttäuscht stellte ich mein Rad ab und ließ mich ins Gras fallen.

Was nun? Sollte ich nach Rotterdam fahren und ihn dort suchen? Oder sollte ich Tineke fragen? Vielleicht war Alfons in der Zwischenzeit schon bei ihr. Könnte doch sein.

Ich entschied mich, an Tinekes Haustür zu klingeln. *Hier Bellen* stand links neben der Tür auf einem kleinen glänzenden Metallschild an der Hauswand. Ich musste schmunzeln und hatte einen scherzhaften Gedanken: Hunde können doch gar nicht lesen. Aber ich war ja in Holland. Sicher sollte *Bellen* Schellen bedeuten.

Ich suchte nach dem Namensschild. Unter der Klingel las ich *De Haan*. Tinekes Nachnamen. Ich war also richtig.

Es dauerte eine Weile, bis ich mich zu schellen entschloss. Das Herz war mir in die Hose gerutscht. Wer würde wohl die Tür öffnen? Tinekes Eltern? Sie selbst? Hatte sie vielleicht Geschwister, die in den Schulferien zu Hause waren?

Bevor ich den Knopf drückte, ging ich ein paar Schritte zurück zur Straße und sah mir das Haus von außen zum ersten Mal richtig an. Warum ich das tat, weiß ich heute nicht mehr. Wahrscheinlich war ich noch nicht mutig genug für eine Begegnung mit dem holländischen Mädchen und wollte sie ein wenig hinausschieben.

Es war ein freistehendes Einfamilienhaus mit Parterre und erstem Stock in einer Siedlung mit ähnlichen Häusern entlang der Straße. Die Außenwände hatten einen weiß gestrichenen Rauputz, die Dachziegel waren rotbraun. Zur Straße hin gab es einen schmalen Vorgarten mit Rasen und kleinen Büschen. Hinter dem Haus vermutete ich einen Garten. Links neben dem Haus war eine mit Platten belegte Einfahrt zur Garage. Das Tor war verschlossen. Was mir gleich aufgefallen war, an allen Fenstern fehlten die Gardinen. Erstaunt war ich nicht, weil man mir schon vor der Fahrt erzählt hatte, dass es in den Niederlanden wegen der angeblich extrem hohen Gardinensteuer nur wenige Gardinen zu sehen gäbe.

Endlich wagte ich es zu klingeln. Es dauerte nicht lange, bis die Tür geöffnet wurde. Eine Frau, die vielleicht so alt war wie meine Mutter, stand vor mir und betrachtete mich skeptisch von oben bis unten. Sie trug eine weiße Kittelschürze, als käme sie gerade aus der Küche, und ich meinte, eine Ähnlichkeit im Aussehen mit Tineke zu erkennen.

Ob sie mich vielleicht für einen Landstreicher hielt, der an den Haustüren bettelte? Könnte doch sein wegen meiner zerknautschten Kleidung. Dabei hatte ich, um Tineke zu gefallen, meine beste Hose und das einzige auf der Tour noch nicht getragene Hemd angezogen.

Sie begrüßte mich auf Holländisch. Alles Weitere verstand ich nicht. Daher fragte ich auf Deutsch nach Tineke und erzählte kurz, wieso ich sie kannte. Ich hatte den Eindruck, dass sie mich verstand. Sie nickte. Ihre Miene hellte sich auf. Sie drehte sich um und rief ihre Tochter: „Tineke, bezoek!“

Es dauerte nur einen Moment, bis ich ein leichtes Poltern hörte, das von der Treppe kam, die in den oberen Stock führte. Dann stand sie vor mir. Ich weiß nicht mehr, was sie sagte. Ich sah nur noch sie, das Mädchen mit dem hübschen Gesicht und den grünblauen Augen, das noch schöner war, als ich sie die ganze Zeit in Erinnerung hatte.

Sie trug eine kurze schwarze Hose, eine, die man Jahre später Hot Pants nennen würde. Dazu ein hellblaues T-Shirt und Sandalen. Die langen dunkelbraunen Haare waren mit einer Klammer zu einem Zopf gebunden.

Einen Moment lang brachte ich kein Wort heraus.

Sie muss mich sofort erkannt haben, denn sie fragte: „Ist Alfons auch da?"

Ich, etwas enttäuscht: „Er kommt bald."

Sie, äußerst freundlich: „Herzlich willkommen! Komm herein!"

Ihre Mutter war ein paar Schritte zurückgewichen und beobachtete die Szene argwöhnisch. Dabei sagte sie kein Wort.

Tineke führte mich ins Wohnzimmer, bot mir einen Stuhl am Tisch an und fragte mich, ob ich etwas zu trinken haben möchte.

Während Tinekes Mutter in die Küche verschwand, um Kaffee und Gebäck zu holen, erzählte ich Tineke die Geschichte der Fahrradtour mit Alfons.

Nach einer Weile, die Mutter hatte inzwischen den Tisch gedeckt und war wieder wortlos in die Küche zurückgekehrt, sagte Tineke plötzlich: „Zeigst du mir dein Zelt? Wetter ist schön."

Erleichtert, der ein wenig beklemmenden Situation entfliehen zu können, aber auch etwas irritiert, stimmte ich ihr zu, und wir machten uns auf zu meiner Lagerstädte am Straßenrand.

Ich machte ihr den Vorschlag, dass wir uns ins Zelt auf die Luftmatratze setzen und überlegen könnten, wie Alfons zu finden wäre. Mit mir ins Zelt zu gehen, lehnte sie lächelnd ab. Daher holte ich die Matratze raus und wir setzten uns vor den Zelteingang.

Zunächst machte ich mir keine Gedanken darüber, warum sie nicht ins Zelt wollte. Ich fragte auch nicht nach, wahrscheinlich, weil es mir peinlich war. Erst später dachte ich, dass sie vielleicht vorsichtig war, weil wir uns noch nicht lange kannten.

Was Alfons betraf, kamen wir nach längerem Überlegen zu dem Ergebnis, dass es am besten wäre, wenn ich nach Rotterdam führe, um ihn dort in den Jugendherbergen zu suchen. Die Adressen könnte sie mir beschaffen. Wenn ich ihn nicht fände, sollte ich noch mal im Zelt übernachten und mittags wieder zu ihr kommen, um zu beratschlagen, wie es weitergehen sollte. Wir könnten uns dann in einer Milchbar mit Klassenkameradinnen von ihr treffen. Die Mädchen müsste ich von Blankenheim her kennen.

Ich begleitete Tineke bis zu ihrem Haus und fuhr, nachdem sie mir die Adressen aufgeschrieben hatte, mit dem Rad nach Rotterdam. Dort suchte ich zuerst am Hauptbahnhof, der *Centraal Station*, vergeblich nach einer Spur von Alfons. In den Herbergen erging es mir ebenso. Enttäuscht fuhr ich zurück zu meinem Zelt. Ich hatte keine Hoffnung mehr, Alfons zum zweiten Mal zu finden. Das erste Mal war schon Glücksache gewesen. Nachdem ich an einer Imbissbude etwas gegessen hatte, legte ich mich schlafen.

Erschöpft von den Turbulenzen der letzten zwei Tage schlief ich bis zum nächsten Vormittag, als ich unsanft von einem Eindringling am verschlossenen Zelteingang geweckt wurde.

„Aufstehen, du Langschläfer! Keine Müdigkeit vortäuschen!“

Noch etwas schlaftrunken dachte ich, die Stimme kennst du doch. Tatsächlich. Ich hatte mich nicht getäuscht. Alfons!

„Wo kommst du denn her?“, murmelte ich. Dann aber hell wach: „Mensch, ich suche dich schon seit gestern Mittag.“

Alfons, etwas verlegen: „Ich habe mir Rotterdam angesehen, dachte, dass du die lange Strecke nicht an einem Tag schaffst und erst heute eintrudelst.“

„Und ich dachte, wir hätten uns wieder verloren. Wie hast du mich gefunden?“

„Ich war eben kurz bei Tineke an der Haustür. Sie hat mir erzählt, wo dein Zelt steht. Mit ihrer Mutter hat sie abgesprochen, dass wir nachmittags um zwei kommen können.“

Punkt zwei saßen wir drei in Tinekes Wohnzimmer am Tisch. Die Atmosphäre empfand ich ähnlich wie am Vortag. Beklemmend. Die Mutter stand mit versteinerter Miene im Türrahmen zur Küche. Sie brachte uns Kaffee und Kuchen, sprach aber kein Wort. Mochte sie uns nicht oder hatte sie Probleme mit unserer Sprache? Ich hatte keine Zeit und keinen Nerv, darüber nachzudenken, sondern konzentrierte mich auf das Gespräch mit Tineke. Alfons war es ähnlich ergangen, wie er mir später gestand.

Nachdem wir unseren Kuchen gegessen und den Kaffee getrunken hatten, stand Tineke plötzlich auf: „Gehen wir in die Milchbar?“

Alfons und ich nickten und verabschiedeten uns von Tinekes Mutter, nicht ohne uns höflich für die Gastfreundschaft zu bedanken.

Sie nickte nur.

Kurze Zeit später kamen wir drei in der nahegelegenen Milchbar an. Tinekes Freundinnen waren bereits da und begrüßten uns überschwänglich. Sie stellten sich mit Namen vor. Corrie, Gerrie, Ronnie und Lynn. Ich erinnerte mich. Besonders Lynn fiel mir wieder auf, die mir schon in Blankenheim gefallen hatte. Ihr Gesicht hatte große Ähnlichkeit mit dem der damals populären hübschen schwedischen Sängerin *Lill Babs*. Trotzdem wäre meine Wahl auf Tineke gefallen, wenn ich eine gehabt hätte.

Wir blieben knapp zwei Stunden, spendierten den Mädchen einen Eisbecher und plauderten über Gott und die Welt. Teilweise radebrechten wir alle, weil die Mädchen ja die deutsche Sprache nicht perfekt beherrschten und wir kein Holländisch konnten.

Sehr zu Alfons‘ Leidwesen kam von Corries Seite das Gespräch auf Schlagerstars. Das war wohl unter Teenagern in der damaligen Zeit normal. So wurden Alfons und ich gefragt, ob wir *Elvis Presley* oder *Cliff Richard* besser fänden. Was für eine Frage! Alfons zuckte die Achseln. Ich sagte *Cliff Richard*.

„Welcher Song?“, fragte Gerrie und sah mich dabei an.

„*Ready Teddy*, *The Young Ones* und jetzt *Lucky Lips*“, sprudelte es aus mir heraus. „Kennt ihr auch Sängerinnen? *Connie Francis* mit *Die Liebe ist ein seltsames Spiel* oder *Manuela* mit *Schuld war nur der Bossa Nova*?“

Alfons verdrehte die Augen und sah nach oben. Dann schüttelte er den Kopf, blieb aber ruhig.

*Connie* kannten die fünf Mädchen, *Manuela* noch nicht. Das sollte sich aber in den darauffolgenden Wochen ändern. *Manuela*, ihre Begleitband *Die fünf Dops* und ihr Chor *Die Blue*

*Sisters* sollten 1965 im Holländischen Fernsehen in der Sendung *Combo* sogar eine vierzigminütige Live-Show bekommen.

Nachdem wir uns von Tinekes Freundinnen verabschiedet hatten, brachten Alfons und ich Tineke nach Hause. Vor der Tür verabschiedeten wir uns von dem Mädchen. Dabei umarmten wir sie und versprachen, ihr zu schreiben, wenn wir wieder zu Hause wären.

Das taten wir eine Woche später auch. In dem gemeinsamen Brief bedankten wir uns unter anderem für die Gastfreundschaft und fügten auch einen herzlichen Gruß an die Mutter bei. Während wir den Text für den Brief entwarfen, überlegten wir, warum sich Tinekes Mutter uns gegenüber so reserviert verhalten hatte.

„Das muss mit den Ereignissen im Zweiten Weltkrieg zusammenhängen", meinte Alfons.

„Viele ältere Holländer wollen wohl deshalb nichts mit Deutschen zu tun haben. Aber wir Jüngeren können doch nichts für die möglichen Schandtaten unserer Eltern", seufzte ich.

Als wir zum Zelt zurückgekehrt waren, war es halb Sechs. Wir beschlossen, dass ich weiter im Zelt übernachten würde und Alfons in einer Herberge in Rotterdam.

Den nächsten Tag verbrachten wir bei kaltem Regenwetter in Rotterdam, besuchten zum Beispiel den großen Hafen und gönnten uns endlich nach der erzwungenen Abstinenz in England eine richtige Mittagsmahlzeit. Noch im Lokal schrieb ich eine große Ansichtskarte nach Hause:

*Nach der Überfahrt Dover – Oostende sind wir nach Rotterdam gefahren. Das Wetter ist nicht sehr schön. Vormittags regnet es immer. Alfons schläft in der Jugendherberge und ich im Zelt. Ich habe mir neue, größere Packtaschen gekauft. 19,75 Gulden = 21,59 Mark. Wegen des schlechten Wetters hat es keinen Zweck mehr, nach Dänemark zu fahren. Für meine 110 DM, die ich noch habe, werde ich mir vielleicht Kleider kaufen. Hier ist alles sehr billig. 1 kg Äpfel kostet nur 55 Cent*

*= 60 Pfennig. Wenn wir noch ein paar Tage in Rotterdam verbracht haben, kommen wir zurück nach Hause (Etwa 13. – 16. August).*

Da es am darauffolgenden Tag wieder regnete und kalt war, beschlossen wir nachmittags, nach einer gemeinsamen Ruhestunde im Zelt, schnell unsere Sachen zu packen und den Zug um achtzehn Uhr nach Düsseldorf zu nehmen.

Gerade noch rechtzeitig kamen wir mit unseren Rädern an der *Centraal Station* an. Wir kauften die Fahrkarten und informierten uns, auf welchem Bahnsteig wir auf den Zug nach Düsseldorf warten müssten und an welcher Stelle der Gepäckwagen für die Räder sich befände. Alles klappte wunderbar, es waren nur wenige Fahrgäste an Bord. Wir hatten ein Abteil für uns allein.

Im internationalen Zeitungskiosk des Bahnhofs hatten wir *Die Zeit* gekauft. Jetzt setzten wir uns bequem hin, legten die Füße hoch und lasen eine Weile. Ich hätte lieber den *Spiegel* gehabt, weil ich ihn sammelte. Ihn hätten wir aber nicht teilen können, weil er geheftet war. Alfons hatte vergeblich nach seiner Lieblingslektüre, der satirischen Zeitschrift *Pardon* gesucht. Als wir keine Lust mehr am Lesen hatten, dachten wir über ein interessantes Gesprächsthema nach.

„Wie wär's", fragte Alfons, „wenn wir uns mal über unsere Krankheiten oder Unfälle unterhielten?"

„Wie alte Leute, was?" Ich fand die Idee nicht sehr originell. „Du spielst sicher auf deine schlimme Verletzung am Fuß an, oder?"

Alfons, verlegen: „Kann sein. Leg du mal los!"

„Meinetwegen." Ich überlegte. „Als ich sechs Jahre alt wurde, zogen meine Eltern mit mir in unser neues Zuhause, eine gerade erst gebaute Doppelhaushälfte im Düsseldorfer Süden. Das Besondere an dem neuen Heim war für mich der große Garten hinter dem Haus. Da das Grundstück gerade erst neu erschlossen worden war, handelte es sich noch um ein unwegsames Gelände mit tiefen Löchern, in denen wilde Büsche und Blumen wuchsen. Gleich im ersten Frühjahr begann mein Vater vom Haus aus, einen Streifen des Gartens zu gestalten. Er baute einen Hühnerstall mit Auslauf für die Tiere, legte Blumenbeete und auch die ersten Gemüsebeete an. Ferner ein Regenauffangbecken, um Gießwasser zu bekommen. Er hatte ein Händchen für solche Arbeiten, denn er hatte vor dem Zweiten Weltkrieg den Beruf des Gärtners erlernt.

Leider interessierte mich als Sechsjähriger mehr das wilde Gelände dahinter. Dort spielte ich gern mit meinen Kameraden aus der Nachbarschaft, zwei Jungen und zwei Mädchen.

Eines Tages entdeckten wir in einem größeren Loch ein paar verschlossene Flaschen, die wie Weinflaschen aussahen. Wie sie dahin gekommen waren, wussten wir nicht, interessierte auch keinen. Wahrscheinlich hatte man die Kuhle als Müllablageplatz benutzt. Das wäre möglich gewesen, da das Grundstück noch nicht eingezäunt war.

Wolfgang kam auf die Idee: ‚Lasst uns Steine auf die Flaschen werfen! Wer zuerst eine kaputt kriegt, hat gewonnen.‘

Wolfgang warf und traf daneben. Hannelore ebenfalls. Werner traf zwar eine Flasche, die aber nicht in Stücke ging.

Um besser sehen zu können, ging ich langsam auf die Flaschen zu. Ich wollte als Letzter werfen.

Erika rief: ‚Jetzt bin ich dran.‘ Sie traf.

Eine der Flaschen explodierte mit einem lauten Knall. Alle brüllten im Chor: ‚Jaaa!‘

Nur ich nicht.

Ich fiel, wie vom Blitz getroffen, zu Boden und fasste mir an die Stirn. Dabei schrie ich wie am Spieß: ‚Aua! Aua!‘

Wolfgang beugte sich über mich und sah die blutende Wunde an meinem Kopf. Über der Nase, zwischen den Augen.

Werner war inzwischen ins Haus zu meiner Mutter gelaufen, die sofort angerannt kam und rief: ‚Was ist mit Achim?‘

Kleinlaut schilderten die anderen mit zitternder Stimme, was geschehen war. Ich war inzwischen aufgestanden. Neben mir am Boden lag das untere Ende einer Flasche. Es war so zerborsten, dass sich eine lange spitze Scherbe gebildet hatte, die zwischen meine Augen geschossen war.

‚Wie kommt das', frage Hannelore und sah dabei meine Mutter an.

Meine Mutter betrachtete die Flaschen und nahm eine in die Hand. ‚Wie kann man nur auf Flaschen mit gegorenem Inhalt werfen? Seid ihr von allen guten Geistern verlassen?' Kopfschüttelnd und leise vor sich hin fluchend nahm sie mich bei der Hand und lief mit mir ins Haus, um meine Wunde zu verarzten.

Ich hörte noch, wie meine Freunde rätselten, was *gegorenes Zeug* bedeutete. ‚Vielleicht Beerenschnaps?', meinte Wolfgang und verzog sein Gesicht."

Alfons hatte die ganze Zeit aufmerksam zugehört, ohne mich zu unterbrechen. „Mir ist vor ein paar Jahren auch was Schlimmes in unserem Garten passiert."

„Was denn? Erzähl mal!"

„Ich lief im Garten auf und ab. Ich hatte nichts vor. Mir war nur langweilig. Weil es sehr stürmisch war und so aussah, als wollte es regnen, ging ich zurück Richtung Hauseingang. Da erwischte es mich. Ich wusste nicht, wie mir geschah, sah nur, dass etwas auf mich zuflog. Ein großes Ding. Es traf mich an der Backe. Ich spürte einen furchtbaren Schmerz und schrie. Meine Mutter musste mich gehört haben, denn sie kam angerannt und half mir ins Haus."

„Rief sie einen Arzt?"

„Wir hatten doch kein Telefon. Sie behandelte die blutende Wunde an der Wange notdürftig und lief zur nächsten Telefonzelle." Alfons zeigte mir seine Backe. „Sieh mal, hier kann man die Narbe immer noch erkennen."

„Was war denn an deine Backe geflogen?"

„Ein großes Blech, das auf dem Boden in der Nähe der Hauswand gelegen hatte."

„Ein Blech?" Ich dachte, Alfons wollte mich auf den Arm nehmen.

„Darauf wurden Sand, Kies und Zement gemischt."

Ich schüttelte den Kopf und gähnte. „Da kann man mal sehen, wie gefährlich so ein schöner Garten sein kann."

Alfons erzählte noch ein weiteres unangenehmes Erlebnis in seinem Garten.

Dem wollte ich nicht nachstehen und fügte eine selbsterlebte Horrorgeschichte hinzu: „Ich spielte mal wieder mit meinen Freunden im wüsten Teil des Gartens, als es zu regnen anfing. Wolfgang hatte die Idee, herumliegende Zementtüten als Kopfschutz zu verwenden. Das fand ich toll und nahm auch eine Tüte. Kurze Zeit später juckte mein Kopf und ich musste ins Haus. Im Spiegel sah ich, dass mein Gesicht einen Ausschlag bekam. Es war rot und begann sich zu entzünden. Ich fragte meine Mutter, woran das denn liegen könnte.

‚Zeig mal die Tüte!', forderte sie mich barsch auf. Dann erklärte sie mir des Rätsels Lösung. Ich hatte als einziger eine Kalktüte über den Kopf gestülpt."

„So lerntest du, dass Kalk und Wasser ätzend sind", seufzte Alfons.

„Ich musste wochenlang eine Gesichtsmaske tragen. Darunter eine ekelhafte Salbe."

„Armer Achim." Er schmunzelte und streichelte meinen Arm, als wollte er mich trösten. „Ich geh mal eben zum Gepäckwagen und guck, ob alles in Ordnung ist mit unseren Rädern."

„Geh ruhig. Ich bleib hier und pass' solange auf unsere Sachen auf. – Moment, ich habe noch eine Frage! Wo hast du eigentlich in Rotterdam übernachtet? Doch nicht in den Jugendherbergen. Da hab' ich nach dir gefragt."

Alfons, gutgelaunt: „Als ich mit dem Zug aus Belgien angekommen war, hat mir jemand im Rotterdamer Bahnhof einen heißen Tipp für eine preiswerte Übernachtung in einer Pension gegeben. Dort habe ich zweimal geschlafen, während du im Zelt warst."

Bevor Alfons vom Gepäckwagen zurückkam, muss ich eingenickt sein. „Na, du Langschläfer! Hast gar nicht mitbekommen, dass wir schon in Deutschland sind. Was?“

Ich wunderte mich, dass ich wieder nicht kontrolliert worden bin, wie schon zwischen Belgien und Holland. Ich sah auf die Uhr. Die Fahrt sollte dreieinhalb Stunden dauern. Bald würden wir im Düsseldorfer Hauptbahnhof sein. Noch ahnten wir nicht, was uns dort erwarten würde. Etwas Unglaubliches, mit dem wir nicht gerechnet hatten.

Etwa zehn Minuten vor dem Einlaufen des Zuges machte Alfons sich bereits auf den Weg zum Gepäckwagen.

Ich schüttelte den Kopf und signalisierte ihm, dass ich auch bald käme, um die Fahrräder in Empfang zu nehmen. Ich blieb noch auf meiner Bank sitzen. Währenddessen ging mir etwas durch den Kopf, worüber ich mich schon öfter gewundert hatte. Warum stehen manche Leute bereits mehrere Stationen vor ihrem Ausstieg an den Türen?

Ich erinnerte mich an meine Kindheit, als ich mit meiner Mutter um 1950 herum ein paar Mal mit dem Zug von Düsseldorf nach Saarlouis gefahren war. Schwalbach im Saarland war ihre Heimat und gehörte noch nicht zur Bundesrepublik Deutschland. Immer wenn wir die in Saarhölzbach die Grenzkontrolle passiert hatten und wir uns in der französisch besetzten Zone im Saargebiet befanden, wurde sie nervös, stand auf, nahm mich und unser Gepäck, um an die nächste Ausgangstür zu eilen. Wir befanden uns erst in der Nähe von Mettlach und mussten noch etwa vierzig Kilometer fahren. Trotzdem hatte sie da schon Angst, den Ausstieg in Saarlouis zu verpassen.

Als unser Zug aus Holland hielt, war ich bei Alfons an der Tür zum Gepäckwagen. Wir hielten dem Schaffner unsere Fahrkarten entgegen und wollten die Räder in Empfang nehmen.

„Geht nicht! Könnt ihr erst morgen ab neun Uhr abholen“, sagte der gute Mann und sah uns dabei grinsend an.

Alfons, erzürnt: „Warum?“

„Wo?“, fragte ich wutschnaubend.

„Immer der Reihe nach! Die Räder müssen erst durch den Zoll.“

„Wieso!“, schrien wir im Chor und wären beinahe ohne Erlaubnis in den Gepäckwagen gestürmt. Das trauten wir uns damals noch nicht.

Ganz anders einige Jahre später, als man mich bei *Radio Bremen* nicht in den Zuschauerraum der Live-Sendung *Drei nach neun* lassen wollte, wo *Manuela* als Interviewgast geladen war und schon im Studio auf mich wartete. In Bremen ließ ich mir nichts gefallen, nahm einen Anlauf und stürmte ohne Erlaubnis an den verblüfft dreinschauenden Wächtern vorbei in den Saal.

Wir durften unsere Räder nicht mitnehmen. Sie müssten erst auf Schmuggelware, vor allem Rauschgift, untersucht werden. Das sei eine Routinekontrolle.

Verärgert verließen wir den Hauptbahnhof. Es blieb uns nichts anderes übrig, als mit der Straßenbahn nach Hause zu fahren und die Räder samt Gepäck am nächsten Morgen abzuholen.

So endete unsere England-Fahrt schon am 11. August 1963, Kilometerstand 12372, mit einer kleinen Katastrophe. Aus meiner Sicht war ich nämlich nur lächerliche 1025 Kilometer mit dem Rad gefahren. Von Kilometerfressen konnte keine Rede sein.

Einige Tage später erhielt ich Post aus Southampton. Mein Brief an die dortige Jugendherberge war nicht abgeholt und an mich, den Absender, zurückgeschickt worden. Return to sender! <<

Meine Schüler hatten aufmerksam zugehört und mich nicht einmal unterbrochen. Aber jetzt, als ich fertig war, hagelte es Fragen. Hauptsächlich zum Inhalt. Was ist heute mit Tineke? Und so weiter.

Als ich ihren Eindruck vom Schreibstil wissen wollte, hörte ich nur Positives. Das half mir nicht weiter, waren sie doch selber noch in der Schulausbildung und konnten nicht fachmännisch beurteilen, ob der Text gut geschrieben war.

Elke meinte, ich solle ihnen nach den Herbstferien im Unterricht erzählen, was *Manuela* von der Geschichte hält.

Zuletzt meldete Bernd sich zu Wort: „Ich glaube die Geschichte war sehr unterhaltsam. Sie sollten sie bei Gelegenheit veröffentlichen."

Ich beobachtete zustimmendes Nicken und fröhliche Gesichter. Erfreut über den gelungenen Nachmittag machte ich den Vorschlag, dass der Kurs morgen auf dem Schiff nach Helgoland, falls Langeweile aufkommt, selbst in Gruppen ein paar kurze Geschichten schreiben könnten, die dann auf der Rückfahrt vorgelesen würden. „Wir sind zwar ein Mathematik-Leistungskurs. Es gibt aber auch andere Dinge im Leben, als sich mit Rechenaufgaben zu beschäftigen."

Zustimmendes Nicken und Kichern.

Da inzwischen Zeit fürs Abendessen war, beschlossen wir, ins Innere des Gasthofes zu gehen und dort etwas zu uns zu nehmen. Draußen wurde es langsam etwas kühl.

Drinnen durften wir ebenfalls vier Tische zusammenrücken und in der ganzen Runde platznehmen. Jeder bestellte sein Abendessen.

Plötzlich fiel mir ein: „Ich müsste *Manuela* unbedingt heute noch anrufen. Hat jemand von euch hier in der Nähe ein Telefonhäuschen gesehen?"

In den frühen Achtzigerjahren war es normal, öffentliche Fernsprechapparate zu benutzen, da es noch keine Mobiltelefone gab. Ich erzählte meinen Schülern, wie schwierig es im Juli für mich in Los Angeles gewesen ist, mit *Manuela* in Deutschland zu kommunizieren. Sie hatte mich zuvor gebeten, ihrem Bekannten *Charly Rich*, dem Chef des *Dunes-Hotels* persönliche Grüße zu übermitteln. Ich wollte von ihr wissen, wie ich ihn am sichersten erreichen könnte. Die Telefongespräche waren alles andere als bequem. Ständig wurde man von einem *Oparator* in der Leitung unterbrochen, der einen auf Englisch aufforderte, Münzen nachzuwerfen, damit das

Gespräch nicht unterbrochen würde. Wenigstens das war in Deutschland anders.

Einer aus unserer Gruppe, Klaus, zeigte zum Tresen. Ich nickte, als ich sah, dass ich die Möglichkeit hatte, im Lokal zu telefonieren. Es ging alles ganz schnell, und ich war in kurzer Zeit wieder zurück.

„Haben Sie Ihre Freundin erreicht?“ Marion sah mich keck an.

Da einige nicht locker ließen und mehr wissen wollten, erzählte ich meinem Kurs, was ich Neues über die Sängerin wusste. „Ihre aktuelle Single heißt *Happy Hawaii*, die deutsche Coverversion des gleichnamigen Songs von *ABBA*. Sie hat ihn bei ihrer eigenen Plattenfirma *Manuela Sound Musik Produktion* veröffentlicht. Jetzt komponiert sie gerade ein neues Lied, das *Friede auf Erden* heißen soll. Sie hat mich gefragt, ob ich in den Herbstferien mit ihr zusammen das Cover entwerfen und am Text feilen wolle.“

Um Acht trafen wir uns wieder mit den anderen im Gemeinschaftsraum der Jugendherberge.

Am nächsten Morgen, es war der 3. September, fuhren wir mit unserem Bus über Tönning zum Eiderstauwerk, wo um elf Uhr die Fähre nach Helgoland ablegte.

Da es auf Deck windig war, wollten meine achtzehn Leute nicht die ganze Überfahrt oben verbringen, sondern es sich eine gute Stunde unter Deck gemütlich machen und in drei Gruppen Texte schreiben.

Auf Helgoland gab es eine geführte Besichtigungstour. Diejenigen, und das war die Mehrzahl, die noch nie zuvor auf Helgoland gewesen waren, zeigten sich interessiert über die Vorträge zur Geschichte und Geologie der Insel. Ein noch größeres Interesse fanden die verlockenden Angebote von zollfreier Ware in den Kiosken. Spitzenreiter beim Einkauf waren die Zigarettenstangen. Obwohl die meisten Nichtraucher waren, kauften sie wie die Verrückten diese Artikel. Für Eltern und Bekannte hieß es bei Nachfrage. Da die Zollbestimmungen nur bestimmte Höchstmengen zuließen, verteilten unsere fünfzig Mathematiker die Beute gleichmäßig untereinander.

Die Rückfahrt dauerte wieder drei Stunden und war zeitweilig unterhaltsam, denn meine Gruppe hatte sich an einem großen Tisch versammelt, um ihre Werke zu präsentieren.

Bei der ersten Geschichte ging es um einen Streit an der Kasse im Supermarkt, den Marions Vater vor kurzem erlebt und darüber zu Hause berichtet hatte. Sie las ihre Teamarbeit vor:

>> Normalerweise kümmere ich mich nicht um die Menschen, die mir im Supermarkt begegnen. Sie interessieren mich wenig.

Der junge Mann in der Warteschlange an der Kasse jedoch erregte meine Aufmerksamkeit. Wie der schon aussah! Offenes, knallrotes Hemd, schlackernde Hose bis zu den Knien, Wollmütze bei brütender Hitze. Dadurch, dass sein Hosenschritt so tief hing, konnte er sich nur mit watschelndem Gang bewegen. Wie eine Ente. Hosenscheißer-Look habe ich das früher genannt. Er fuchtelte mit beiden Händen über dem Kopf in der Luft herum und tänzelte, wenn es nicht vorwärtsging, nach der Melodie eines Popsongs, dem er mit Ohrhörern lauschte.

Ich betrachtete ihn näher. Er wedelte, ich traute meinen Augen nicht, mit einem 500-Mark-Schein in seiner linken Hand, während die rechte seine Ware auf dem Fließband zurechtrückte.

„Mach schon, Oma!“, nuschelte er so leise, dass die Kassiererin, die offensichtlich gemeint war, es nicht hören konnte. Sie bediente gerade den letzten Kunden vor ihm in der Schlange.

Nun interessierte ich mich für seine Ware. Was wollte er mit einem 500er kaufen? Vor meinen Artikeln auf dem Band lag nur eine Flasche Wasser zu elf Cent. Ich schüttelte den Kopf und dachte, ob das gut geht?

Inzwischen war er an der Reihe. Die Kassiererin tippte den Geldbetrag ein und rief freundlich: „36 Cent mit Pfand.“

Er reichte ihr seinen Geldschein und brummte: „Ich habe es eilig, Tante."

Sie nahm den Schein nicht und schüttelte den Kopf. „Geht nicht."

„Wie? Geht nicht." Er glotze sie an und trommelte mit der rechten Hand auf die Theke. Mit der linken wedelte er immer noch mit dem Schein.

„Zu groß." Sie zuckte mit den Achseln.

„Wie? Zu groß. Es ist doch egal, womit man bezahlt."

„Nein, größere Scheine als 100er nehme ich nicht. Aus Sicherheitsgründen. Da steht es." Sie zeigte auf ein kleines Schild an der Kasse und nickte.

Ich wurde unruhig. Wie lange würde das Theater noch dauern?

„Das interessiert mich nicht. Ich will jetzt damit bezahlen", blaffte der junge Mann die Kassiererin an.

Sie versuchte, ruhig zu bleiben. Ihr Gesicht hatte sich inzwischen leicht ins Rötliche verfärbt. Sie ließ die Mundwinkel hängen und starrte in die Luft. Dabei hielt sie die rechte Hand auf, um Kleingeld zu empfangen.

Der junge Mann sah ebenfalls an die Decke.

Die Frau an der Kasse blieb immer noch ruhig. „Sie können das Wasser nicht mit einem 500er bezahlen, nicht einmal mit einem 200er. Haben Sie kein Kleingeld?"

So ging es eine Weile hin und her, bis es mir zu bunt wurde. Ich beugte mich vor und drückte der Kassiererin 40 Cent in die Hand und sagte: „Das ist mir zu dumm. Lassen Sie ihn mit dem Sprudel ziehen!"

Der junge Mann nahm die Flasche, sagte „Geht doch!", sah mich an, nickte mir kurz zu und verschwand mit watschelndem Gang.

Wie *Ente Lippens*, dachte ich. Der berühmte Fußballer von Rotweiß Essen, der wegen seines watschelnden Ganges diesen Spitznamen hatte. Der Holländer *Lippens* hatte mal auf den Zuruf des Schiedsrichters „*Ich verwarne Ihnen*"geantwortet:

„*Ich danke Sie*“. Dafür hat er postwendend die rote Karte kassiert, weil er sich veralbert fühlte.

*Lippens* war sympathisch. Anders das Jüngelchen im Supermarkt. Bahnhofspenner, dachte ich. <<

Zustimmendes Nicken. Dann ging es weiter. Bernd trug eine bemerkenswerte Geschichte vor, die er und zwei Jungen aus dem Kurs erfunden hatten. Sie nannten sie *Der Wüstenfuchs.*

>> Benommen fasste ich an die Stirn und betrachtete meine rechte Hand. Blut! Ich hatte mich verletzt beim Fallen aufs Kopfsteinpflaster. War gestolpert.

Diese verdammten Latschen, dachte ich. Kein Wunder, dass ich mich nicht auf den Beinen halten konnte. Ausgetreten bis zum Gehtnichtmehr, vorn offen wie ein Scheunentor. Sahen aus wie zwei gefräßige Krokodile. *Aufe Schuhe mit appe Sohlen* würde der Norddeutsche vielleicht sagen. Ich hätte sie in der Mülltonne lassen sollen, wo ich sie und die vergammelte Trainingshose herhatte. Aber ich brauchte unbedingt etwas für meine nackten Füße. Nicht mal Strümpfe besaß ich. Woher auch? Hatte kein Geld. Schon lange hatte ich kein Geld mehr. Lebte auf der Straße.

Heute Morgen hatte ich jedoch Glück. Ein alter Kumpel hatte mir ein paar Mark gegeben, aber nur, weil ich ihm hoch und heilig versprochen hatte, ein paar Stunden auf sein Tier aufzupassen. Was es denn für ein Tier sei, wollte ich wissen.

„Wirst du schon sehen. Morgen Punkt acht an dieser Stelle. Du kriegst zehn Mark. Sei pünktlich!“

Um fünf nach acht kam er um die Ecke und war da mit seinem Tier. Verwundert rieb ich mir die Augen. War das ein Hund?, fragte ich mich und schüttelte den Kopf. „Beißt der Hund?“, fragte ich vorsichtig.

„Ach was, das ist Beppo, ein Wüstenfuchs, du Heini“, belehrte er mich und überreichte mir den Strick, an dem das Tier angebunden war, am Hals.

Beppo beschnupperte mich vorsichtig und machte es sich zwischen meinen Füßen bequem, eine Pfote auf dem rechten

Schuh, die anderen auf dem Boden. Ich zog am Strick. Beppo rührte sich nicht, sah nur geradeaus in Richtung seines Herrchens, das sich langsam aus dem Staub machte. „Heute Abend um sieben bin ich wieder hier“, rief er mir, ohne sich umzudrehen, noch zu, ehe er aus meinem Blickfeld verschwand. <<

Die Nächste war an der Reihe. Christina hatte zusammen mit drei Kursteilnehmern eine Geschichte geschrieben, die ihr der viel älterer Bruder mal anvertraut hatte. Sie nannten sie *Mein schlimmster Streit.*

>> Die Bundestagswahl war entschieden. Das Ergebnis hatten meine Mutter und ich im Fernsehen erfahren. Die SPD hatte so viele Zweitstimmen erhalten, dass sie mit der FDP koalieren konnte. Das passte ihr gar nicht, die hundertprozentig hinter der CDU stand.

„Nun wird *Willi Brandt* wohl Bundeskanzler“, bemerkte ich süffisant und traf bei meiner Mutter einen wunden Punkt.

„Dieser Saukerl! Der Bastard! Hat sich im Krieg nach Norwegen verdünnisiert und seine Landsleute im Stich gelassen. Außerdem ist er ein uneheliches Kind, heißt gar nicht *Brandt*, sondern *Frahm.*“

„Was du so aus den Illustrierten weißt. – Ich bin froh, dass er Kanzler werden kann. Endlich mal eine andere Regierung! Erst der *Alte*, *Konrad Adenauer*, dann der *Gummilöwe*, *Ludwig Erhard*, und schließlich der *Schöngeist*, *Kurt-Georg Kiesinger.* Als Politiker hat *Brandt* Großes geleistet. Schon als Regierender Bürgermeister von Berlin …“

„Sei bloß still!“, unterbrach mich meine Mutter wutentbrannt und schlug mit der flachen Hand auf den Tisch, „Wie kannst du nur für einen solchen Nichtsnutz sein!“

Da mir das Gespräch ganz und gar nicht gefiel, ließ ich sie wortlos stehen, ging aus dem Wohnzimmer und verschwand in meine Wohnung im Obergeschoss.

Die Folgen unseres Streits sollte ich in den nächsten Tagen zu spüren bekommen. Ich musste mich zum ersten Mal zu Hause selbst um mein Mittagessen kümmern, tagelang. Was noch schlimmer war, ich hatte bald keine reine Wäsche mehr zum Anziehen. Sie weigerte sich, für mich weiter zu waschen und zu bügeln, wie ich es von Kind an gewohnt war. Ich musste mich selbst drum kümmern.

So wurde ich durch einen dummen Streit erwachsen. <<

Es wurde noch eine weitere Geschichte vorgetragen, die ich allerdings nicht mitbekam, weil die Kurssprecherinnen der anderen beiden Gruppen zusammen mit meinen Kollegen an unseren Tisch kamen und mich baten, für ein wichtiges Gespräch die Lesegruppe zu verlassen und an den Nachbartisch zu kommen.

„Es geht um den Herbergsvater", meldete sich Andrea zu Wort. „Wir fühlen uns von ihm belästigt."

Im Folgenden berichteten sie, dass der Mann scheinbar betrunken nachts durch das Gebäude laufe und ohne Anmeldung ihre Schlafräume beträte. Er habe ihnen zwar nichts getan. Sie fühlten sich aber von ihm beobachtet. Die übrigen Mädchen sähen das auch so. Ob er auch in die Schlafsäle der Jungen ginge, wüssten sie nicht.

„Wenn er nachts durch die Gänge schleicht, schwankt er leicht und seine Stimme klingt lallend. Er hat wahrscheinlich Alkohol getrunken."

Herman, Albert und ich versicherten den Mädchen, dass wir in der kommenden Nacht aufmerksam achtgäben, dass sich ein solcher Vorgang nicht wiederholt. Ansonsten würden wir Gegenmaßnahmen ergreifen.

Zurück an meinem Kurstisch bekam ich noch mit, wie abschließend über die vorgelesenen Geschichten diskutiert wurde. Dann gesellten sich meine Leute zu den übrigen Mitschülern, die sich unterschiedlich beschäftigten: Essen, Trinken, Lesen, Unterhalten, aufs Meer schauen.

Um 19 Uhr waren wir mit der Fähre wieder am Eiderstaudamm. In Tönning hielt der Bus noch mal, damit alle die Möglichkeit hatten, etwas zu kaufen oder einen Imbiss zu sich zu nehmen. Eine Stunde, bevor in der Herberge das Licht ausging, waren wir zurück und bereiteten uns auf die Nacht vor.

Und die sollte es in sich haben.

Da es die vorletzte Nacht vor der Heimreise war, haben Herbert, Albert und ich nicht mit laut feiernden Schülern in den Schlafräumen gerechnet. In der letzten Nacht war erfahrungsgemäß stets der Teufel los. So hatte ich es jedenfalls als Schüler und später als Lehrer immer erlebt. Aber in Albersdorf passierte in der Nacht von Mittwoch auf Donnerstag, der Nacht nach der Helgolandfahrt, etwas ganz anderes.

Hermann, Albert und ich schreckten einer nach dem anderen aus dem Schlaf hoch, sahen auf die Uhr. Sie zeigte zehn nach eins. Im Treppenhaus und den Fluren eine laute Männerstimme, dazwischen Mädchengekreische. Was war da los?

Wir zogen rasch die Trainingsanzüge an und stürmten in den Flur. Der Lärm kam von oben. Aus dem Mädchentrakt.

Inzwischen waren einige Türen zu den anderen Schlafräumen offen und die Jugendlichen sahen uns mit verschlafenen Augen an.

Marion kam mir aufgeregt entgegen: „Der belästigt uns schon wieder. Der ist besoffen, hat eine Bierflasche in der Hand."

Im gleichen Augenblick sahen wir den Herbergsvater, lallend durch den Mädchentrakt torkeln. „Ich kann hier machen, was ich will. Das ist mein Haus."

Meine beiden Kollegen und ich versperrten ihm den Weg und stellten ihn zur Rede. Aber ein sinnvolles Gespräch war nicht möglich. Er war zu betrunken.

Inzwischen waren zwei andere Lehrer und eine Lehrerin dazugekommen, um uns zu unterstützen.

Nachdem Albert dem Hausherrn in scharfem Ton lautstark zu verstehen gegeben hatte, dass er auf der Stelle verschwinden solle, torkelte der fluchend davon.

Dann war Ruhe. Alle gingen zurück in ihre Schlafräume.

Meine beiden Kollegen und ich beratschlagten noch eine Weile, was wir am nächsten Tag unternehmen sollten, und kamen zu dem Ergebnis, dass wir nach dem Frühstück abreisen würden.

In der Nacht gab es keine weiteren Vorfälle.
Während des Frühstücks war die nächtliche Ruhestörung das Hauptgesprächsthema. Die drei Kurssprecherinnen fragten ihre Lehrer, was wir machen wollten.
Alle waren einverstanden, dass wir die Jugendherberge um zehn Uhr verlassen und – so unglaublich es klingen mag – die nächste Nacht vor der Heimreise im Bus verbringen würden. Um zwölf Uhr sollten wir, wie geplant, die Besichtigung des Schiffshebewerks mit Führung in Brunsbüttel durchführen und es uns danach irgendwo an einem Lagerfeuer gemütlich machen. Das Wetter sei immer noch sehr gut. Wir müssten nur bedenken, dass es im September schon erheblich früher dunkel würde als im Hochsommer.
Nach dem Frühstück packten die Schüler ihre Taschen in den Reisebus, und ich rechnete mit dem Herbergsvater ab. Für den ausgefallenen Tag bezahlte ich trotz Protestes des Herbergsvaters nichts. Er drohte mit einer Klage, ich mit einer Anzeige wegen seines nächtlichen Auftretens.
Die Sache verlief später im Sande.
Die Besichtigung des Schiffshebewerkes fand großen Anklang bei den Schülern. Der ursprünglich geplante Besuch des Atomkraftwerks hätte kein größeres Interesse gefunden.
Es war inzwischen 16 Uhr und Zeit zu überlegen, wo wir unser Lagerfeuer veranstalten sollten. Solange die Geschäfte noch geöffnet wären, sollten wir unseren Leuten die Gelegenheit geben Lebensmittel einzukaufen, weil wir ja kein Abendessen und Frühstück gebucht hatten. Ich verteilte das übrig gebliebene Geld an die Schüler. Durch das eingesparte Jugendherbergsgeld bekam jeder etwa zehn Mark mehr.
Die Schüler wollten in Albersdorf einkaufen, weil sie dort schon ein paar Geschäfte und Gaststätten kannten.
Wieder in Albersdorf angekommen, parkte der Fahrer unseren Bus am Friedhof. Wir vereinbarten, uns alle hier wieder um 18 Uhr zu treffen. Als es soweit war, kam jemand auf die Idee, auf dem Friedhof zu campieren, dort das Lagerfeuer anzuzünden.

Wer diesen Vorschlag gemacht hat, weiß ich nicht mehr. Aber aus heutiger Sicht erscheint es mir unfassbar, dass niemand von uns damals gegen das Vorhaben Einspruch erhoben oder wenigstens Bedenken geäußert hat. 54 Personen auf dem Friedhof am Lagerfeuer! Unglaublich!

Im Eingangsbereich des Friedhofsgeländes fanden wir genug Platz für drei Lagerfeuer. Die Schüler machten es sich auf dem Boden bequem und begannen vereinzelt, Holz zu sammeln, damit die Feuer Nahrung hatten. Als die Flammen loderten, aßen und tranken einige von ihren mitgebrachten Lebensmitteln.

Zu Beginn machte ich alle darauf aufmerksam, dass sie später den Platz so sauber verlassen müssten, wie sie ihn vorgefunden hatten. Das könnte schwierig werden, weil es dann dunkel wäre und wir nur wenige Taschenlampen dabeihätten. „Es bleibt dabei: kein Alkohol, nicht rauchen! Übrigens, ein Kompliment! Ihr habt euch bisher an diese Schulregel gehalten."

Erst als es dämmrig wurde, kam ich auf die Idee, mich dafür zu interessieren, wo die Schüler das viele Holz hergeholt hatten, das bis dahin verbrannt worden war. Ich begleitete zwei Jungen, die im hinteren Teil des Friedhofs versuchten, kleine Äste, die von Bäumen gefallen waren, zu finden. Es schien allerdings so, als wäre der ganze Friedhof leergefegt. Kein Holzstück war mehr mit bloßem Auge zu entdecken.

Wieder zurück am Lagerfeuer, fragte mich ein Mädchen: „Was sollen wir machen? Wir finden nichts Brennbares mehr."

„Wenn ihr im Umkreis des Friedhofes nichts mehr findet, müsst ihr das Feuer ausgehen lassen und anschließend aufräumen. Dann versuchen wir auf unseren Sitzplätzen im Bus ein wenig zu schlafen." Ich erwähnte noch vor versammelter Mannschaft, dass ich sechs Jahre zuvor als Referendar mit einer Oberstufenklasse wenige Tage vor dem Abitur ein Lagerfeuer auf der Rheinwiese gemacht und erst viel zu spät gemerkt hatte, dass einige Jungen kleine Holzzäune in der Umgebung gefällt hatten, damit das Feuer nicht ausging.

Etwa eine Stunde später waren die Flammen aus, und es war dunkel. Die Aufräumarbeiten gestalteten sich schwieriger als erwartet. Ich glaube, wir haben nicht alles in die Mülleimer am Friedhofseingang räumen können.

Hermann erklärte den Schülern unseren weiteren Plan. Wir würden jetzt versuchen, im Bus zu schlafen. Um Vier würde der losfahren und etwa um Fünf in Hamburg am Fischmarkt für eine Stunden halten.

Als wir um Punkt Fünf in Hamburg-Altona ankamen, stellten wir fest, dass der Fischmarkt nur sonntags früh geöffnet ist.

Das hätten wir uns denken können. Werktags werden die Fischgroßmärkte nachts beliefert, und es wird nichts auf der Straße verkauft. Sonntags sind die Fischgeschäfte geschlossen. Die Kunden können dann ihren Fisch in der Frühe frisch auf dem Fischmarkt kaufen.

Die letzte Panne auf unserer Studienfahrt nach Schleswig-Holstein.

# Sykkelfantom

Eine Gewalttour wie damals nach Saarbrücken wollte ich nicht noch einmal machen. Ich hatte gerade das fünfte Jahrzehnt meines Lebens überstanden und brauchte niemandem mehr zu beweisen, dass ich mit dem Fahrrad dreihundert Kilometer an einem Tag runterstrampeln konnte.

Im heißen Sommer 2001 nahm ich mir vor, nach Verdens Ende zu radeln, hundertdreißig Kilometer hügelauf, hügelab mit Seen und Serpentinen. Die Südspitze einer Felseninsel im Skagerrak trägt diesen schönen Namen ‚Das Ende der Welt'. Von hier aus könnte ich vielleicht mit bloßem Auge die schwedische Küste erkennen. Von Sandefjord aus hätte ich mit einem Boot zu einer vorgelagerten Insel tuckern und dann über eine hoch gespannte Brücke zum Ziel fahren können. Dieser Weg wäre aber für meinen Ehrgeiz zu kurz gewesen. So beschloss ich, die Fähre nicht zu nehmen und einen Umweg über Tønsberg zu machen. Dort könnte ich eine Pause einlegen, mir den berühmten Hafen ansehen und über eine Landbrücke zur Inselgruppe gelangen.

Seit einer Woche wohnte ich in einer Holzhütte in der Nähe des Hafens von Sandefjord. Als ich losfuhr, war es eigentlich zu spät für eine große Tour. Ich hörte gerade das Horn der Schwedenfähre. Sie fuhr immer morgens um zehn und würde drei Stunden bis Strömstad brauchen. Nichts Böses ahnend radelte ich in der Stadt neben einer vierspurigen Straße her. Mal war der Fahrradweg auf der einen, mal auf der anderen Seite. Ich weiß noch genau, woran ich dachte – nämlich dass ich die nächsten Tage viel weiter nördlich in der Nähe von Lillehammer verbringen wollte –, da wurde ich aus allen Träumen gerissen.

Ich fuhr auf der linken Seite, als mir die Sicht auf einen kleinen Parkplatz durch eine Hecke versperrt war. Plötzlich sah ich ein Auto von dort auf meine Spur einbiegen. Reflexartig konnte ich noch bremsen und stützte mich so fest wie möglich auf den Lenker.

Warum hält der Idiot nicht an? Ich habe doch Vorfahrt. Hätte ich nur bremsen und geradeaus weiterfahren sollen? Dann wäre ich bestimmt gegen die Beifahrertür geprallt.

Ich versuchte, nach rechts zur Autostraße auszuweichen, obwohl ich den Gegenverkehr fürchten musste. Schon krachte die Stoßstange gegen mein Vorderrad.

Wenn mein Fahrrad was abbekommen hat, ist Schluss für heute, dachte ich in diesem Augenblick.

Durch die Wucht des Schlags wurde ich aus dem Sattel gerissen und auf die Motorhaube geschleudert. Automatisch hielt ich den Lenker fest umklammert, als wenn ich den Unfall damit noch verhindern könnte. Das Unglück nahm jedoch seinen Lauf, im Zeitlupentempo, wie mir heute erscheint. Erst als ich von der Motorhaube zurückfederte, wurde mir klar, dass ich mich in Gefahr befand.

Sportlich, wie ich mir vorkam, trug ich keinen Helm. Ich hielt ihn für überflüssig. Mir könnte ja nichts passieren, dachte ich und trug nur Sommerkleidung.

Dann lag ich auf dem Boden. Das Auto stand und hatte mein Vorderrad, aber nicht mich überrollt. Wieder kreisten meine Gedanken um mein Fahrrad.

Könnte ich das Rad selbst flicken? Müsste ich es hier im Ort reparieren lassen? Wie lange würde das dauern?

Als ich mich schon freute, Glück gehabt zu haben und ohne Verletzung davongekommen zu sein, ging ein Stich durch meinen Körper. Es fühlte sich an, als wenn ich von einer Pistolenkugel durchbohrt worden wäre.

Meine Rippen.

Was war los? Hatte ich meine Knochen gebrochen? Hatte ich etwa innere Verletzungen? Tausende Fragen rasten durchs Gehirn.

Ich musste an den Sommerurlaub einige Jahre zuvor denken, als ich das erste Mal in Norwegen war und einen Unfall auf einem Autorastplatz hatte. Ich war aus dem Auto gestiegen, gestolpert und hatte mir ein paar Finger gebrochen.

Sollte ich dieses Mal statt Urlaubsfotos wieder nur Röntgenaufnahmen mit nach Hause bringen? War ich ein fallsüchtiger Wiederholungstäter?

Totenstille.

Ich nahm nichts um mich herum wahr. Keinen Verkehrslärm, nicht die vorbeifahrenden Autos auf der Straße, nicht die Frau, die aus dem Unfallauto gestiegen und zu mir gekommen war.

Wie lange ich auf dem Radweg gelegen hatte, weiß ich nicht mehr. Als ich wieder zur Besinnung kam, befand ich mich jedenfalls halb unter meinem Fahrrad. Aber ich erinnere mich noch daran, dass ich versuchte, meine Finger zu bewegen. Dann die Arme, die Beine. Sie waren nicht gebrochen. Aber die linke Schulter tat bei der geringsten Bewegung höllisch weh. Auch die blutigen Schürfwunden an Armen und Beinen muss ich gespürt haben. Mit dem Kopf konnte ich nicht aufgeschlagen sein, denn meine Ohren hörten die Frau sprechen, die neben mir stand und wie aus der Ferne auf mich herabsah.

„Har du vondt ... i skulderen?“

Ich muss begriffen haben, dass sie aufgeregt und den Tränen nahe war. Sie wollte sicher wissen, ob meine Schulter verletzt war.

„Det går ...“, konnte ich nur murmeln, „... snakker du ... tysk?”

Nein, sie sprach kein Deutsch, auch kein Englisch. In diesem Augenblick war ich froh, dass ich in der Volkshochschule ein wenig Norwegisch gelernt hatte, auch wenn es mir nicht leichtgefallen war. Ein Sprachgenie war ich nämlich nicht, war mehr an Mathematik interessiert.

Mit ihrer Unterstützung rappelte ich mich hoch. Als sie an meinem Arm zog, schrie ich auf. Ich hatte das Gefühl, sie stieß mir ein Messer in den Bizeps.

Was war da kaputt gegangen?

Plötzlich dachte ich nur noch an ein Krankenhaus. Ich sah mich um. Außer uns beiden war niemand da. Sie müsste für den Unfall verantwortlich sein. Würde sie mich ins Krankenhaus bringen können?

„Kan du … kjøre meg … til sykehuset?”

Sie nickte. Durch den Nebel der Schmerzen hindurch bemerkte ich, sie war froh, dass sie mir dadurch helfen konnte, indem sie ihr Auto zum Krankenwagen machte.

Sie zog das beschädigte Fahrrad an die Seite und verstaute meine Packtasche im Kofferraum. Dann half sie mir, ins Auto zu steigen. Ich glaube, es war ein blauer Volvo, nicht mehr ganz neu. Ich sah hinüber zu meinem Fahrrad. Das Vorderrad und die Gabel waren völlig verbogen. Ansonsten schien alles in Ordnung zu sein.

Ob es rechtzeitig repariert werden könnte? Ob noch weitere Touren möglich wären? Oder sollte das jetzt die Endstation meiner Reise sein?

Ihre Stimme zitterte.

„Hvordan … går det med deg?“

Sie war besorgt, dass ich ernste Verletzungen hatte, für die sie verantwortlich war.

Im Krankenhaus sagte der Mann an der Anmeldung, dass kein Bett für mich frei wäre. Ich könnte nicht bleiben, egal, was ich hätte. Vielleicht müsste ich ins Zentralkrankenhaus nach Tønsberg. Ich sollte auf einer Bank warten, bis die Ärztin Zeit hätte, mich zu untersuchen.

Ausgerechnet Tønsberg, dachte ich und schüttelte den Kopf. Wir saßen nun beide auf der Bank, die Unfallfahrerin und das Opfer, stumm, jeder in seine eigenen Gedanken versunken.

Wie konnte mir nur so etwas passieren? Noch nie zuvor war ich vom Fahrrad gefallen.

„Was wird nur mein Mann sagen, wenn er die Beule im Auto sieht?“, hörte ich sie auf Norwegisch vor sich hinreden und sah, wie auch sie den Kopf schüttelte. „Und die Versicherung wird jetzt viel teurer. Hätte ich doch nur aufgepasst.“

Nach einer Weile fragte sie mich, ob ich Angehörige hätte, die sie benachrichtigen könnte. An meiner Aussprache hatte sie längst gemerkt, dass ich Ausländer war, und sprach deshalb ganz langsam und deutlich.

Ich erzählte ihr, dass ich aus Deutschland kam, die Ferien hier verbrachte und meine norwegische Cousine am Hafen wohnte. Über die Auskunft erfuhr sie ihre Nummer und rief sie an. Inzwischen war es fast elf.

Plötzlich wandte sie sich mir zu.

„Mit navn er Randi Sjøskog. Hva heter du?"

In der Aufregung hatte ich vergessen, mich vorzustellen. Ich murmelte meinen Namen und dachte, verdammt, sie hat mich angefahren, ist aber doch in Ordnung, sie kümmert sich wenigstens um mich.

Randi trug eine beigefarbene kurze Hose und eine braune Bluse. Eine typisch norwegische Kleidung für eine Frau Anfang vierzig. So schätzte ich jedenfalls ihr Alter. Sie mochte zehn Jahre jünger sein als ich.

Nach einer halben Stunde kam endlich eine Helferin, die mich in ein Behandlungszimmer führte, wo ich warten musste.

Als die Ärztin durch die Türe trat, hatte ich das Gefühl, dass es mir schlagartig besser ging. Die Sorge, ich könnte nicht mehr weiterfahren, war wie weggeflogen. Der Unfall war in diesem Moment auch nicht mehr der Störenfried, der mich am Kilometerfressen hinderte. Ich erinnere mich genau, dass ich plötzlich sogar kein Norwegisch mehr sprechen konnte. Mir fehlten die Worte. Selten hatte ich eine so attraktive Frau gesehen.

„Sie kommen also aus Deutschland", begrüßte sie mich mit einem Lächeln. Sie war die erste Norwegerin, die Deutsch mit mir sprach.

„Ja ... ich hatte ... einen Fahrradunfall ... ich glaube ... Sie müssen sich meine ... Schulter ansehen."

Da ich nur mit T-Shirt, kurzer Hose, Socken und Sandalen bekleidet war, brauchte ich nicht viel auszuziehen, bevor die

Untersuchung begann. Sie bewegte vorsichtig meine Arme, Beine, Hände, Finger und Zehen. Ich biss die Zähne zusammen und versuchte, keinen einzigen Laut von mir zu geben. Sie beobachtete mich aufmerksam. An meinem Gesichtsausdruck konnte sie sicher erkennen, welche Probleme ich hatte.

Ihre Stimme klang jetzt ganz ernst.

„Wir müssen die Schulter röntgen. Wahrscheinlich ist es gar nicht so schlimm. Vielleicht geht alles ambulant und Sie brauchen nicht ins Zentralkrankenhaus."

Sie gab mir ein Formular und schickte mich in die Röntgenabteilung. „Zweiter Gang rechts ... dritte Tür ... bis dann."

Bevor ich mich auf den Weg machte, verabschiedete ich mich von Randi, die immer noch im Flur wartete. Sie gab mir ihre Visitenkarte. Ich lud sie für den Nachmittag ein, in den Garten meiner Cousine zu kommen, um bei einer Tasse Kaffee über alles Weitere zu sprechen.

Vor dem Röntgenzimmer musste ich noch mal warten, bis eine Assistentin mich hereinbat. Ich sah sofort, dass sie keine gebürtige Norwegerin war.

Wo mochte sie wohl herkommen?

Dem Formular der Ärztin hatte sie längst entnommen, was zu tun war. Aber ich wusste nicht, wie ich mich verhalten sollte. Ich verstand sie nicht. Es stellte sich später heraus, dass sie von den Philippinen war und Norwegisch mit einem für mich kaum verständlichen Akzent sprach.

Was sollte ich tun?

Sie konnte mich verstehen, aber ich nicht sie. Mal sollte ich mich nach links wenden, mal nach rechts. Sie musste immer zu mir kommen und mich drehen. Dabei hätte ich vor Schmerzen laut aufschreien können, riss mich aber zusammen. Ich fragte sie, ob sie Englisch spräche. Aber auch das nützte nichts.

Aus der Distanz wundere ich mich nicht darüber. Schon immer hatte ich Schwierigkeiten, Menschen zu verstehen, die mit einem starken Akzent oder einen Dialekt sprachen.

Dann kam Hilfe. Ich hatte gar nicht mehr an sie gedacht. Meine Cousine, die Norwegisch sprach und meinen Spitznamen *Sykkelfantom* erfunden hatte. Sie stand in der Tür. Nachdem sie mich begrüßt und gefragt hatte ‚Was hast du denn gemacht? Wie konnte dir denn das passieren? Hast du Schmerzen?', unterhielt sie sich mit der Röntgenfrau und erklärte mir dann jede Anweisung. Nun ging alles schnell. Ich bekam die Röntgenbilder und machte mich auf den Rückweg.

Nachdem die Ärztin die Aufnahmen studiert hatte, sah sie mich mit ernster Miene an.

„Ich konnte zwar keine inneren Verletzungen feststellen, aber ein paar Frakturen. Sie müssen sich sehr schonen, denn drei Rippen und das linke Schulterblatt sind gebrochen. Für den Fall, dass Sie nachts nicht schlafen können, verschreibe ich Ihnen ein Schmerzmittel. – Gute Besserung und eine gute Heimreise!"

Es waren nicht die Schmerzen allein, die mir Sorgen machten. Dass ich mir die Radtour an den Hut stecken konnte, traf mich viel härter.

Wie sollte ich jetzt noch auf mein gestecktes Ziel von einer vierstelligen Kilometerzahl kommen?

Nachdem meine Cousine mich zur Apotheke und anschließend in mein Ferienhaus gefahren hatte, ruhte ich mich ein wenig aus.

Noch am gleichen Nachmittag quälte ich mich mit hängender Schulter zu meinem Fahrrad und warf als Erstes einen Blick auf den Kilometerzähler. Der war Gott sei Dank heil geblieben. Da das Vorderrad so stark verbogen war, dass ich das Fahrrad nicht schieben konnte, half mir ein wenig später meine Cousine, es in eine Werkstatt zu bringen. Vom Mechaniker erfuhr ich, sie würden das Rad nur notdürftig reparieren, damit ich es auf meinem Autodachträger heimfahren könnte. Die Originalersatzteile wären in Norwegen nicht innerhalb von zwei, drei Tagen zu beschaffen. Inzwischen war mir alles egal. Ich könnte doch keine Tour mehr machen mit dem gebrochenen Schulterblatt.

Als wir wieder zur Wohnung zurückkamen, war Randi gerade eingetroffen. Ich hatte sie schon vergessen. Wir wollten uns ja treffen und über die Versicherung sprechen. Sie erzählte mir, dass ihr Mann fuchsteufelswild geworden war, nachdem er die Beule an der Motorhaube entdeckt hatte. ‚Frauen und Autofahren!', hätte er geschrien, sich dann aber beruhigt.

Wir redeten über alles Mögliche. Wenn ich heute darüber nachdenke, fällt mir auf, dass meine Verletzungen überhaupt kein Gesprächsthema waren. Es ging hauptsächlich um Randis Autoschaden und die zu erwartende höhere Versicherungsprämie sowie mein Bedauern, dass ich meine Touren nicht fortsetzen konnte. Ich erwähnte mit keinem Wort die höllischen Schmerzen in der Schulter und kam mir wie ein Held vor. Wir waren schon ein seltsames Unfallteam.

Nachdem Randi sich verabschiedet hatte, musste ich wieder an mein Rad denken. Auf meiner letzten Fahrt hatte ich nur eins Komma sechs Kilometer geschafft. Die kürzeste Tour meines bisherigen Fahrradferienlebens. – Ein bisschen wenig für ein *Sykkelfantom* oder?

## Schlüsselerlebnis

„Jetzt sind wir schon geschlagene vier Stunden unterwegs. Verdammt noch mal! Wie weit ist es denn noch, Achim?"

Selten hatte ich Imelda so fluchen gehört. Sie fuhr dicht hinter mir. Ich hatte das Gefühl, ihr Vorderrad berührte fast mein Rücklicht.

Es war ein heller Sommertag, der Himmel strahlend blau. Ein paar weiße Wolken waren zu sehen, und man spürte den frischen Wind, der vom See kam, auf der Haut. Die vorhergesagte Hitze war ausgeblieben, ideal zum Radfahren.

„Sollen wir eine Pause machen?"

Keine Reaktion.

Ob sie mich überhaupt verstanden hatte? Eine Unterhaltung während der Fahrt war wegen des Windes schwierig.

Für ihren Unmut hatte ich nur eine Erklärung. Ich vermutete, dass sie nicht wollte, dass unser Ausflug wieder darauf hinauslief, dass nur Kilometer gefressen würden. Jedenfalls hatte sie mir dies am Morgen vorgeworfen, nachdem sie erfahren hatte, wie lang unsere Tour sein würde.

Sie fuhr gern Rad und war meistens schneller als ich, weil sie einen schwereren Gang wählte und mit viel Kraft strampelte. Ich dagegen liebte das leichte Fahren, dafür etwas langsamer. Es mussten aber ausgedehnte Strecken sein, nicht unter einhundert Kilometer. Zu jeder Zeit wollte ich wissen, wie schnell ich fuhr und wie weit ich bereits gefahren war. Deshalb waren für mich der Tachometer und der Kilometerzähler das Wichtigste am Fahrrad. Wehe, sie fielen mal aus. Wenn ich die dann unterwegs reparieren wollte, gab es jedes Mal Ärger mit meinen Radfreunden. Wegen einer solchen Lappalie wollten sie keinesfalls eine Unterbrechung der Tour hinnehmen.

Imelda führte immer viel Gepäck mit sich, unter anderem einen riesigen Rucksack mit allem Möglichen drin, das man im Notfall gebrauchen konnte. Ihr Mann sagte mal zu mir, wenn sie ausgingen, hätte sie ihn meist auch dabei. Deshalb nannte er sie gelegentlich etwas verächtlich einen wandelnden Rucksack.

Eine Menge Sachen lagen aber auch lose in einem riesigen Einkaufskorb, der notdürftig am Lenker befestigt war. Dass sie das Rad dadurch schwerer fahren konnte, interessierte sie nicht. Am hinteren Gepäckträger war ein zweiter Einkaufskorb befestigt. Dieser blieb aber so lange leer, wie sie unterwegs nichts kaufte. Wenn sie durch Schlaglöcher fuhr, ging schon mal was verloren, sogar einmal ein teures Objektiv ihrer Fotoausrüstung. Imelda hatte das gar nicht bemerkt. Ihr Mann, der normalerweise ein ruhiger Mensch ist, hatte einen Tobsuchtsanfall bekommen, als er davon erfuhr.

Ich versuchte, sie zu beruhigen. „Bald sind wir in Karlstad. Wir machen im Hafen eine lange Rast und fahren dann zurück in unser Quartier."

Um sicher zu sein, dass sie mich verstand, drehte ich mich kurz um und verlor beinahe das Gleichgewicht.

Was war nur heute los mit mir?

Ich konnte den Lenker gerade noch herumreißen, sonst hätte ich einen entgegenkommenden Radler, der plötzlich um die Kurve gekommen war, gerammt.

Als Imelda ein wenig später an mir vorbeifuhr, sah ich ihrem Gesicht deutlich an, dass der Ärger noch nicht verflogen war.

Unsere Ferienwohnung, die wir zum Abschluss unserer Skandinavienreise für zwei Tage gemietet hatten, befand sich in einer Holzvilla einer Waldsiedlung. Inzwischen lag sie eine halbe Tagesreise hinter uns.

Imelda hätte gern die Natur beobachtet und seltene Pflanzen und Tiere fotografiert. Das war nämlich ihr liebstes Hobby. Ich jedoch wollte heute die Gunst der Stunde nutzen und an unserem letzten Urlaubstag so weit wie möglich fahren, vielleicht unseren alten Schweden-Rekord brechen, einhundertvierzig Kilometer an einem Tag um den Siljansee.

In den vergangenen drei Wochen war wegen des Regens leider nicht daran zu denken gewesen. Heute aber konnten wir bei schönstem Sommerwetter auf einem tollen geteerten Radweg fahren. Er war auf einem stillgelegten Eisenbahndamm neu angelegt worden. In kurzen Abständen gab es kleine Rastplätze mit Tischen und Bänken, eingerahmt von Büschen und Bäumen. An einer Stelle fanden wir eine liebevoll eingerichtete kleine Hütte mit einem Tisch und zwei Bänken zum Ausruhen. Sogar ein Gästebuch gab es. Hier hätten wir es uns gemütlich gemacht, wenn es geregnet hätte. Ein altes ehemaliges Bahnhofsgebäude auf halber Strecke diente als Restaurant, der ehemalige Bahnsteig als Terrasse. Der Radweg zählte bei Imelda aber nicht. Ich sei ein Naturbanause, der nicht nach links und rechts sähe, hatte sie mir mal vorgeworfen, als ich nicht länger auf sie warten wollte, nachdem sie über eine Stunde Blumen fotografiert hatte.

Imelda war mit Konradin verheiratet. Auf den ersten Blick hatte man den Eindruck, dass sie gut zueinander passten. Sie verstanden sich auch fast immer, soweit ich das beurteilen konnte. Wenn da nicht Imeldas Unberechenbarkeit gewesen wäre. Es war nahezu unmöglich, mit ihr eine Vereinbarung zu treffen. Wenn die dann doch beschlossen war, hielt sie sich nicht daran. Oft ließ sie ihre Mitmenschen stundenlang warten. Konradin war jedes Mal verärgert, wenn sie zum Beispiel nicht bereit war, rechtzeitig den Urlaub oder eine Wochenendfahrt zu planen. Sie wüsste noch nicht, ob sie Zeit hätte, hieß es lapidar. Wenn es auch mich betraf, war ich ebenfalls sauer. Sie sagte dann immer nur: „Ihr könnt ja schon mal vorausfahren. Ich komme später nach."

Nachdem wir vor ein paar Jahren beschlossen hatten, schon am frühen Morgen um den Siljansee zu fahren, konnten wir erst mittags um halb eins starten, weil Imelda nicht eher fertig war. Sie musste noch Wäsche waschen. Wegen der Länge der

Strecke radelten wir dann bis in die Nacht hinein, bevor wir wieder unsere Ferienwohnung erreichten. Gottseidank war es Sommer und in Schweden lange hell. Die letzten fünfzig Kilometer wurden im Halbdunkeln im Eiltempo zurückgelegt. So ein Unfug.

Beide waren wie ich Lehrer an derselben Schule. Während er nach dem Unterricht immer gleich nach Hause fuhr, um weiter zu arbeiten, blieb sie meistens bis abends in der Schule, um herumzutrödeln, wie Konradin mir leidvoll klagte. Die Unterrichtsvorbereitungen erledigte sie häufig erst nachts bis drei Uhr. Dann schlief sie auf dem Teppich im Arbeitszimmer ein. Von einem Eheleben könne keine Rede sein, seufzte er einmal, als ich ihn fragte, ob sie denn nie zu Hause zusammen zu Mittag essen.

Imelda beklagte sich gelegentlich auch über Konradin. Er spräche zu wenig mit ihr. „Er kriegt den Mund nicht auf“, hörte ich sie zuweilen sagen. Man müsse ihm jedes Wort aus der Nase ziehen.

Das konnte ich bestätigen. Seit zig Jahren saß er im Lehrerzimmer neben mir am Arbeitstisch. Er fing selten ein Gespräch an, antwortete nur auf Fragen. Es hatte seinerzeit über ein Jahr gedauert, bis ich erfahren hatte, dass sie verheiratet waren.

Es kam immer wieder vor, dass beide sich bei mir über den anderen beschwerten.

Was mich zum Beispiel bei unseren Touren auf die Palme brachte, war, dass ich zwar pünktlich zur vereinbarten Zeit am Frühstückstisch erschien, die beiden aber oftmals bereits eine Viertelstunde zuvor mit dem Essen begonnen hatten und fast fertig waren, wenn ich anfing. Ich fühlte mich brüskiert.

Imelda sagte jedes Mal, wir hätten doch Ferien. Sie wollte damit sagen, da könne doch jeder machen, was er will.

Konradin war der Sportlichste von uns Dreien und fuhr immer weit voraus. Außer Regenkleidung und einer Trinkflasche hatte er beim Radfahren gewöhnlich nichts im Gepäck, nicht einmal einen Geldbeutel. Dafür befanden sich für alle Fälle immer ein paar Scheine in einer Minitasche seiner Mütze. Dort verwahrte er auch seinen Fahrradschlüssel. Er fuhr mit Leichtigkeit und war mir dabei weit überlegen. Keine Strecke war ihm zu kurz oder zu lang. Eines aber wurmte ihn seit Langem. Er bedauerte, dass er nie die Gelegenheit hatte, eine so lange Tagestour zu machen wie ich damals mit sechzehn: dreihundert Kilometer bis nach Saarbrücken, mit schwerem Gepäck, an einem Tag mit dem Rad durch die Eifel, nur mit Dreigangnabenschaltung und Rücktrittbremse.

Als wenn er unser Gespräch gehört hätte, kehrte er um und kam uns entgegen. „Sollen wir ein Restaurant suchen? Frag doch mal einen Passanten, Achim, du kannst doch Schwedisch!"

Dabei drehte er vor uns auf dem Weg kunstvoll einige enge Runden, geschickt mit einer Hand am Lenker.

Wie gerufen kam in diesem Moment ein Pärchen aus Richtung Karlstad angejoggt. Ich sprach mit der jungen Frau. Sie wischte sich zunächst den Schweiß von der Stirn und schien zu überlegen. Währenddessen trippelte ihr Begleiter auf der Stelle. Sichtlich aus dem Rhythmus gebracht, aber dennoch freundlich beschrieb sie mir mit leicht keuchender Stimme den Weg zu einem Lokal, wo man draußen am Wasser sitzen konnte. Dabei zeigte sie mit der linken Hand in die Richtung, aus der beide gekommen waren. Genau das Richtige für uns.

Auf der Weiterfahrt musste ich an eine Freundin aus Sandefjord in Norwegen denken, die mir eine Woche zuvor geraten hatte, wenn ich nach Karlstad käme, auf die Riesenskulptur von Picasso zu achten. Sie sei sehenswert. Zuerst hatte sie in ihrer Nachbarstadt Larvik errichtet werden sollen. Aber die norwegischen Kunstbanausen, wie sie sich ausdrückte, hätten keinen Sinn für eine solche Skulptur gehabt und darauf verzichtet. Jetzt wäre sie dafür im Nachbarland.

Kurze Zeit später hatten wir das Restaurant gefunden, ein mit Efeu bewachsener Klinkerbau, kein Holzhaus wie so häufig in Schweden. Durch die nicht so dichten Büsche und Bäume hindurch konnte man den See erblicken. Die Lage gefiel mir. Wir freuten uns auf die wohlverdiente Pause. Die Picassoskulptur hatten wir nicht gesehen.

Unsere Fahrräder ketteten wir an eine Laterne im Garten des Lokals. Ich hatte ein Speichenringschloss, das fest mit dem Fahrrad verbunden war. Es musste abgeschlossen werden, weil sonst der Schlüssel nicht abgezogen und somit gestohlen werden könnte.

Nun passierte das, was ich schon oft mit den beiden erlebt hatte. Ohne jede Absprache ging jeder seiner Wege. Imelda verschwand zielstrebig ins Innere des Lokals. Konradin suchte einen Tisch im Garten, wo wir es uns gemütlich machen konnten, während ich noch mit meinem Schloss beschäftigt war. Irgendwie klemmte es.

Hinter diesem Verhalten, das andere sicherlich als unfreundlich empfinden mögen, steckte keine böse Absicht. Das war einfach so, und alle machten mit. Wir hatten ja Ferien.

Unterwegs geschah es auch zuweilen, dass Imelda spurlos verschwand, zum Beispiel einkaufen ging, ohne etwas zu sagen. Konradin und ich waren dann ratlos und wussten nicht, wo wir sie finden könnten. Er ging grundsätzlich nie einkaufen und weigerte sich jedes Mal, in einem Geschäft nach seiner Frau zu suchen. Geschäfte interessierten ihn einfach nicht. Basta. Es kam auch vor, dass Imelda und ich in eine Bäckerei gingen und Konradin ohne zu warten verschwand und wir ihn anschließend suchen mussten. Auf diese Weise entstanden unfreiwillige Pausen, was zugegebenermaßen manchmal auch vorteilhaft für mich war. Ich konnte mich nämlich von den Strapazen erholen, die durch das oftmals mörderische Fahrtempo verursacht wurden.

Konradin hatte inzwischen einen Platz im Garten des Restaurants gefunden. Tisch und Stühle standen auf einer hölzernen Plattform, direkt über dem Wasser. Er prüfte, ob die Tischfläche sauber war. Sie war es. Er hasste nämlich versiffte

Tischplatten, wie er es nannte, auf die angeblich Schweden ihre Wurst- und Käsebrote ohne Unterteller legten, bevor sie sie aßen. Noch mehr hatte er gegen versiffte Brettchen, die voll Fett waren und nie mit Wasser gespült, sondern immer nur mit einem trockenen Tuch abgewischt wurden.

Ich liebte diese Brettchen zwar auch nicht. Aber es gab Schlimmeres. Mir verging immer dann der Appetit, wenn ich mir fünfmal beim Essen anhören musste, hhhm, wie gut der Joghurt schmeckte, obwohl jeder wusste, dass ich mich davor ekelte.

Ich wäre lieber ins Lokal gegangen, statt draußen zu bleiben. Warme Speisen kühlen im Freien zu schnell ab, und lauwarmes Essen mag ich nicht. Wenn ich da noch an Athen und Lissabon denke. Furchtbar. Aber die Stelle hier mit den Holzplanken gefiel mir so gut, dass ich nicht nein sagen konnte. Außerdem hatte ich gar nicht vor, etwas Warmes zu bestellen. Ich wollte nur trinken und dann weiterfahren, vielleicht die Statue noch finden.

Imelda hätte auch ihre Freude daran, direkt am Ufer des Vänersees zu sitzen. Ich stellte meine Tasche auf den Boden, legte den Fahrradschlüssel auf den Tisch und sah zum See hinüber. Die Aussicht zum Bootshafen gefiel mir. Wenn ich wieder mal nach Schweden käme, würde ich hier Station machen, beschloss ich.

Der Wind hatte noch nicht nachgelassen. Hier am Wasser schien er noch stärker zu sein als auf dem geschützten Radweg. Die Speisekarten in den glatten Plastikhüllen rutschten auf dem blanken Tisch hin und her. Eine hob sich und flog weg. Ich wollte danach greifen, schaffte es aber nicht. Dann sah ich mit Entsetzen, wie mein Fahrradschlüssel ebenfalls nach unten segelte. Ich versuchte, ihn noch zu erwischen, ehe er durch einen Spalt zwischen zwei Holzbrettern am Boden verschwand. Vergeblich!

Warum hatte ich ihn bloß auf die Karte gelegt und nicht in die Radtasche gesteckt? Meine kurze Radlerhose hatte keine

Tasche. War ich von der Tour so erschöpft, dass ich mich nicht mehr konzentrieren konnte? Nein. Das hätte ich mir niemals eingestanden. Ich erinnere mich aber daran, dass ich leise vor mich hin fluchte: „Wie kann es mir an einem Tag zweimal passieren, einen Schlüssel zu verlieren?“

Nur wenige Stunden zuvor war nämlich mein Autoschlüssel verschwunden, den ich zu Beginn der Radtour achtlos in die Gepäcktasche gelegt hatte und der beim Herausholen einer Windjacke unbemerkt ins Freie befördert worden sein musste. Ich hatte mich verflucht, weil ich so leichtsinnig gewesen war, mit dem einzigen Autoschlüssel so sorglos umzugehen. Warum hatte ich bloß keinen Ersatzschlüssel mit in den Urlaub genommen? Mir war bei dem Gedanken, mit Freunden im Ausland vor verschlossenem Auto zu stehen, heiß geworden. Ich weiß noch heute ganz genau, dass ich in diesem Augenblick nicht mir, sondern wieder mal Imelda die Schuld für den Verlust des Wagenschlüssels gegeben hatte.

Konradin und ich hatten wie fast immer vor einer Fahrt zwei Stunden auf sie warten müssen, bevor wir starten konnten. Wir könnten ja schon mal vorausfahren, sie müsste noch Aufräumen und einen Reifen flicken. Zum Verrücktwerden. So eine Rücksichtslosigkeit. Am Abend zuvor wäre dafür genügend Zeit gewesen. Und unmittelbar vor der Abfahrt musste ich dreimal das Auto auf- und zuschließen, weil sie noch irgendwelche Dinge für den Ausflug benötigte, die sich im Wagen befanden. Wenn ich alleine auf Radtour gehe, lasse ich den Autoschlüssel immer in meinem Zimmer. Man überlege sich aber den Umstand, wenn ich das heute gemacht hätte. Wie oft hätte ich ihn wieder aus meinem Zimmer holen müssen? Welche Wege hätte ich dabei zurücklegen müssen? Wie oft hätte ich die Schuhe wechseln müssen? Die Hauswirtin wollte nämlich nicht, dass wir mit Straßenschuhen das Haus beträten. Sie war Holländerin, in unserem Alter und sprach ein Schwedisch mit starkem holländischem Akzent.

Beim vierten Mal war mir der Geduldsfaden gerissen, ich hatte den Schlüssel verärgert in meine Gepäcktasche geworfen und war losgefahren. Nie wieder fahre ich mit denen in Urlaub, hatte ich mir in diesem Moment geschworen. Nie wieder!

Dabei musste ich an eine Rast vor ein paar Jahren auf einem norwegischen Autobahnparkplatz in der Nähe von Grimstad denken. Wir hatten gerade zuvor das Ibsenmuseum besucht. Imelda war wieder mal eine Ewigkeit damit beschäftigt, ihren Proviant aus dem Kofferraum zu holen. Konradin und ich hatten schon an einem aus Felsstücken gebauten Tisch mit dem zweiten Frühstück begonnen. Nachdem Imelda endlich zu uns gekommen war, war ich noch mal schnell zum Wagen gelaufen, um die Türen zu verschließen. Ich schloss mein Auto immer persönlich ab, um vor Diebstahl sicher zu sein. Weil ich keine weitere Zeit verlieren wollte, war ich zurück in Richtung Tisch gerannt, dabei mit einer Schuhspitze an einer Bordsteinkante hängen geblieben und ein paar Meter weit gestolpert. Geistesgegenwärtig hatte ich mich schließlich zu Boden fallen lassen, um nicht mit dem Kopf gegen einen Felsbrocken zu schlagen, der urplötzlich vor mir drohend aufgetaucht war. Bei diesem Missgeschick hatte ich mir die beiden äußeren Finger der linken Hand gebrochen. Die Krankenhausbehandlung in Telemarks Zentralkrankenhaus in Skien hatte drei Stunden gedauert. Von da an mussten meine beiden Freunde in jenem Urlaub ihre Radtouren alleine machen, ich war mit der Gipshand nur noch als Fußgänger unterwegs.

Nun war der Autoschlüssel weg. Aber ich hatte Glück im Unglück gehabt. Konradin hatte den vermissten Schlüssel bei der nächsten Rast an einer Imbissbude zufällig wiedergefunden. Außen in einer Einbuchtung meiner Gepäcktasche war er mit der Schraube des Etuis hängengeblieben. Das kleine Ding war wie durch ein Wunder während der Fahrt nicht verloren gegangen.

Ich stand ratlos auf der Plattform. „Konradin, stell dir vor, mein Schlüssel ist weg. Ich kann mein Fahrradschloss nicht mehr aufschließen. Wir müssen doch noch den ganzen Weg zurückfahren."

Er sah mich entgeistert an. Wahrscheinlich glaubte er mir in diesem Moment nicht, dass ich schon wieder einen Schlüssel vermisste. Er verzog das Gesicht. „Frag die Kellnerin! Du kannst doch Schwedisch."

Seine Lakonie tat mir weh. Ich weiß nicht, worüber ich mich in diesem Augenblick mehr ärgerte, über meine Ungeschicklichkeit oder über dieses *Du kannst doch Schwedisch*. Jedenfalls wollte ich das jetzt nicht mehr hören. Außerdem konnte ich diese Sprache gar nicht so gut. Wenn Leute schnell oder Dialekt sprachen, hatte ich Probleme. Lesen konnte ich prima, sprechen einigermaßen.

Schwedisch hatte ich mir selbst beigebracht, einerseits mit einem Lehrbuch und durch das Lesen von zig Büchern von *Henning Mankell*, andererseits durch das Sehen von sämtlichen Wallanderfilmen mit schwedischem Originalton und das Hören von Schlagern von *Agnetha Fältskog*, der blonden Sängerin von *ABBA*. In der Schule hatte ich ein Jahr lang eine achtzehnjährige schwedische Gastschülerin, mit der ich eine Schwedisch-AG gegründet und nach ihrem Ausscheiden in eigener Regie weitergeführt hatte.

In diesem Augenblick erinnerte ich mich an einen Satz, den Konradin vor einigen Jahren auf unserer ersten Skandinavienfahrt gesagt hatte, als wir an der schwedischen Westküste in der Nähe von Lysekil Schwierigkeiten hatten, eine Übernachtungsmöglichkeit zu finden. „Ich fahre nie mehr in ein Land, wo ich die Sprache nicht verstehe."

Imelda hatte uns damals mit Englisch aus der Patsche geholfen.

Sie war inzwischen aus dem Haus gekommen und muss angenommen haben, dass wir uns gestritten hatten, als sie unsere griesgrämigen Gesichter sah.

„Ach hier seid ihr! Was ist los mit euch?“ Dann aber, nachdem sie sich umgesehen hatte: „Da habt ihr aber einen schönen Tisch gefunden!“

„Der Tisch ist mir völlig wurscht. Meinen Schlüssel will ich wiederhaben!“, grummelte ich gereizt und begann auf dem Boden zu suchen.

Imelda stutzte und sah mich entgeistert an. Wahrscheinlich überlegte sie, welchen Schlüssel ich meinte. Das kümmerte mich aber nicht.

Ich sah das kleine Ding mit dem roten Griff durch einen fingerbreiten Spalt zwischen zwei Holzbohlen hindurch auf einer Plastikfolie liegen, vielleicht eine halbe Armlänge unter den Planken. Daneben glänzten ein paar Münzen aus aller Herren Länder. Die meisten waren schwedische Kronen. Er lag also in guter Gesellschaft und war nicht ins Wasser gefallen. Ich spürte ein Glücksgefühl in meinem Körper und hätte die ganze Welt umarmen können.

Dann aber kam in mir die Frage hoch, wie ich ihn zurückbekäme. Ob man ihn mit einem langen Draht angeln könnte? Nein, das würde nicht gehen. Der Schlüssel war zu klein und hatte keinen Aufhänger. Das Glücksgefühl war wie weggeflogen. Mir wurde bange.

„Ich dachte, du hattest ihn wiedergefunden“, wurde ich aus allen Träumen gerissen. Imelda hatte sich zu mir heruntergebeugt.

„Nicht der Autoschlüssel, jetzt ist der Fahrradschlüssel weg.“

Ich stand auf, setzte mich auf einen Stuhl und konnte kaum verbergen, dass mir die Situation peinlich war. Nun war ich schuld, dass wertvolle Zeit verloren ging. Wie konnte einem erwachsenen Menschen so etwas passieren? Zweimal am selben Tag! Ich bildete mir aber ein, die Sache wäre nicht geschehen, wenn ich allein unterwegs gewesen wäre. Dann wäre ich ja ins Innere des Lokals gegangen, nicht auf die Plattform. Wahrscheinlich wäre ich überhaupt nicht in ein Restaurant gegangen, weil ich Wirtschaften hasse. Das kommt daher, dass ich zu Hause ein Leben lang neben einer Gaststätte wohne und das Gelalle der besoffenen Gäste von früh morgens bis in die Nacht nicht mehr hören kann. Wenn man neben einer Wirtschaft wohnt, hat man das Gefühl, dass sich dort nur geistig Behinderte treffen. Kneipen in Wohngebieten gehörten verboten.

Also waren doch wieder die anderen schuld?

Konradin und Imelda sahen sich an. Er zuckte mit den Schultern und hob abwehrend die Hände, als wollte er sagen, dass er doch nicht dafürkönnte, dass ich keinen Reserveschlüssel mithatte. In ihren Gesichtern glaubte ich Schadenfreude zu lesen und überlegte, was ich tun sollte.

Sie schienen mir nicht helfen zu wollen. Wäre ich doch bloß nicht mit ihnen gefahren. Andererseits kannte ich sonst niemanden, der Gefallen an großen Radtouren hatte. In den letzten drei Jahren hatte ich allein in Skandinavien Urlaub gemacht. Das war nicht so spannend und abenteuerlich gewesen wie mit den beiden zusammen. Imelda und Konradin hatten mir auch öfter gesagt, dass es für sie interessanter sei, zu dritt als zu zweit unterwegs zu sein. Vielleicht deshalb, weil dann jeder die Möglichkeit hatte, sich über den anderen zu beschweren und Trost bei einem Dritten zu finden? Ein Grund bestand auch für uns alle darin, eine Menge Fahrgeld zu sparen, denn ein Urlaub in Skandinavien war teuer.

Erst einmal musste ich von hier weg. Nachdenken. Ich machte mich überstürzt auf den Weg zur Toilette. Dabei stolperte ich über die Tasche eines Gastes am Nachbartisch und wäre um ein Haar zu Boden gefallen. Taumelnd schrammte ich mit dem Kopf an einem Sonnenschirm vorbei. Ein Mann konnte mich gerade noch auffangen.

Achim, du musst dich jetzt konzentrieren, dachte ich und ging langsam weiter. Dabei rieb ich vorsichtig die blutende Wunde am Kopf.

Am Handwaschbecken wusch ich meine Hände und Arme, dann vorsichtig das Gesicht. Das kalte Wasser tat gut. Im Spiegel sah ich eine Hautabschürfung an der linken Schläfe.

Nicht so schlimm, dachte ich, erschrak aber trotzdem. Jedoch nicht wegen der blutenden Wunde. Mein Kopf war knallrot. War das von der Sonne? Ich hatte mich doch vorher eingecremt. Oder war ich der Situation nicht mehr gewachsen? Nur ruhig Blut, wegen eines verlorenen Schlüssels bräuchte ich mich doch nicht aufzuregen. Es gäbe Schlimmeres.

Was sollte ich machen?

Ich zermarterte mir das Hirn. Das Schloss von einem Mechaniker aufbrechen lassen. Nein, dann wäre das neue Fahrrad beschädigt. Ob man überhaupt Samstagnachmittag in Schweden einen Mechaniker fände. Ich verwarf die Idee.

Konradin und Imelda könnten alleine zum Quartier zurückfahren und mich und das Fahrrad mit dem Auto abholen. Nein, das würde zu lange dauern. Vor Mitternacht kämen sie nicht zurück. Was sollte ich in der Zwischenzeit tun? Die Lokale wären geschlossen. Ich hätte keine warme Kleidung, um im Freien zu warten. Nur mit kurzer Hose und T-Shirt bekleidet wäre es zu kalt. Die Windjacke in der Radtasche würde auch nicht viel helfen. Außerdem wollte ich unbedingt den Weg mit meinem Rad zurückfahren. Kilometer, Kilometer.

Welche Alternative gab es noch?

Da war nur die eine, der Schlüssel musste her, um jeden Preis. Aber wie? Er lag unter den Holzplanken. Unerreichbar. Oder gab es doch eine Möglichkeit? Die Kellnerin fragen? Was meinte Konradin damit? Wie könnte sie mir helfen, wenn ich es schon allein nicht fertigbrächte?

Ich wendete den Blick vom Spiegel weg und starrte eine Weile auf den gefliesten Boden.

Warum verhielten sich Imelda und Konradin so abweisend? Ich ließ den Tagesablauf noch einmal Revue passieren, fand aber keine Erklärung. Na egal, es musste weitergehen.

Ich erinnere mich genau, dass mir in diesem Moment durch den Kopf ging: Nur ein Weichei macht sich jetzt Gedanken über Umgangsformen und das Verhalten anderer. Der Schlüssel muss sofort her.

Plötzlich kam mir die Idee. Vielleicht ließen sich ein oder zwei Bretter lösen, unter denen der Schlüssel lag. Ich müsste wissen, wie sie befestigt waren. Hoffentlich nicht mit Nägeln, sondern mit Schrauben. Dann könnte mir vielleicht die Kellnerin einen Schraubenzieher besorgen.

Ich wollte gerade wieder zurückgehen, als Konradin durch die Tür kam. „Wo bleibst du denn? Wir dachten schon, es wäre dir wieder was passiert. Hast du dir nicht den Kopf eingerannt?"

Wollte er mich verspotten?

Es wurmte mich, dass er auf einen peinlichen Vorfall anspielte, der sich in meiner Jugendzeit ereignet und den ich einmal in Sektlaune erzählt hatte. Ich war während eines Spaziergangs mit dem Kopf hintereinander gegen zwei Straßenlaternen gerannt. Hätte ich das doch bloß nie erzählt.

„Schon gut ... komm mit ... ich habe eine Idee", knurrte ich, ohne auf seine Frage einzugehen. Den Schmerz an der Schläfe spürte ich kaum noch.

Als wir an unserem Tisch ankamen, hatte Imelda schon einen Tee und ein Stück Zimtkuchen vor sich stehen.

Das wird jemand, der keinen Urlaub mit Fahrradtouren kennt, als unfreundlich ansehen. Für uns war das jedoch normal. Jeder aß und trank, wann er wollte. Außerdem hatte ich, wie schon gesagt, andere Sorgen, als mir Gedanken über Umgangsformen zu machen. Im Moment interessierten mich mehr technische Dinge. Der Schlüssel. Der Schlüssel.

Die Kellnerin war gerade gegangen. Verflixt, ich konnte sie nicht mehr ansprechen.

Konradin und ich schlugen die Speisekarten auf. Der Schlüssel ließ mir jedoch keine Ruhe. Nervös faltete ich die Karte zusammen und legte sie wieder auf den Tisch, bückte mich, kniete mich schließlich auf den Boden und untersuchte die Holzplanken. Als ich mal hochsah, beobachtete ich, wie zwei Gäste vom Nachbartisch grinsend zu mir herübersahen. Einer zeigte mit dem Finger auf mich.

Ob die Leute überhaupt wussten, worum es ging? Peinlich berührt sah ich wieder auf den Boden und stellte fest, dass jedes Brett mit acht Kreuzschrauben befestigt war. Ich bräuchte also einen Kreuzschraubenzieher. Das wäre mir jetzt wichtiger als Kaffee oder Kuchen. Die gaffenden Leute störten mich allerdings, ich fühlte mich beobachtet. Am liebsten wäre ich zu ihnen hingegangen und hätte sie gefragt, ob sie mir nicht helfen könnten.

Was sollte ich überhaupt mit Kaffee und Kuchen? Kaffee trank ich nur morgens und Kuchen aß ich höchstens Sonntagnachmittag, Weihnachten oder wenn ich zum Geburtstag eingeladen war. Morgens gab es immer Brot oder Brötchen zum Frühstück, mittags warmes Essen und abends wieder Brot. Nachmittags aß ich im Gegensatz zu Imelda und Konradin grundsätzlich nichts.

Damit ich heute auch mein warmes Essen bekam, waren wir auf der Hinfahrt an einer Imbissbude stehengeblieben. Ich hatte eine Pizza gegessen, während Konradin und Imelda auf ihren Rädern saßen und warteten, bis ich fertig war. Das war so ihre Art. Was mich dabei störte, war, dass ich mich beim Essen unter Zeitdruck gesetzt fühlte. Ich weiß aber ganz genau, dass sie das nicht beabsichtigten.

Die beiden begnügten sich fast jeden Tag nur mit dem Frühstück sowie Kaffee und Tee am Nachmittag. Allerdings nahmen sie manchmal auch fertige Brote und Tee vom Frühstück mit auf die Fahrt oder kauften sich Kuchen in einer Bäckerei.

„Hej!“, hörte ich eine Frauenstimme hinter mir.

Ich drehte mich langsam um, sah zwei schlanke Beine, blickte weiter nach oben und stand umständlich auf. Mir taten alle Glieder weh vom Fahren. Ich machte aber gute Miene zum bösen Spiel, ließ mir nichts anmerken. Eine junge Frau in einem blauen, kurzen Rock und einer weißen Bluse lächelte mich an. Sie trug eine blauweiße Mütze. Es war die Kellnerin.

Alles ging ganz schnell. Ich konnte mir keine Gedanken über sie machen. Das Einzige, woran ich mich erinnere, ist, dass ich dachte: Sie macht einen netteren Eindruck als die Kellnerin, die so oft vor meiner Einfahrt zu Hause ihr Auto parkt.

Sie wollte gerade weitersprechen, als ich sie unterbrach.

„Hej! Får ni … hjälpa mig? Min nyckel … är bort … ligger under plankan. Jag behöver en … skruvmejsel."

Ich wundere mich heute noch, wie es mir gelingen konnte, mein Anliegen so schnell auf einen Punkt zu bringen. Normalerweise brauchte ich etwas Zeit, eine wichtige Frage auf Schwedisch zu formulieren.

Sie sah mich staunend an. Hatte sie verstanden, dass mein Schlüssel weg war, unter der Holzplanke, und dass ich einen Schraubenzieher bräuchte? Oder wunderte sie sich, dass ich Schwedisch sprach? Das taten die wenigsten Ausländer.

Hierbei fällt mir ein, dass meine Aussprache mehr Skandinavisch als Deutsch klingen muss, denn in Norwegen denkt man häufig, ich sei Schwede. In Schweden ist es umgekehrt.

In einem Freiluftrestaurant auf einer kleinen norwegischen Insel im Skagerrak hat ein norwegischer Kellner, der mich zunächst in seiner Landessprache angesprochen, nachdem ich ein paar Sätze Norwegisch, offensichtlich mit schwedischem Akzent, gesagt hatte, mit mir weiter Schwedisch gesprochen.

„Jag förstår. – Skulle vilja er ha kaffe?"

Die Kellnerin blickte abwechselnd Konradin und mich freundlich an.

Wir bestellten, Konradin Tee und ich Kaffee, dazu Zimtkuchen, von dem Imelda behauptete, dass er vorzüglich schmeckte. Sie hatte von ihrem Stück bereits probiert.

Hoffentlich bringt sie den Schraubenzieher, dachte ich. Dann fiel mir ein, ich hatte vergessen zu erwähnen, dass es ein Kreuzschraubendreher sein müsste. Ich wartete und sah vor Nervosität dauernd auf die Uhr. Die Rückreise. Die Rückreise.

Konradin und Imelda schienen meine Sorge nicht zu teilen. Sie sahen über das Wasser hinüber zum Bootshafen und unterhielten sich leise. Worüber wohl? Ob sie sich über mich lustig machten? Das kannte ich von früher her nicht. Was war heute nur los? War ich im falschen Film? Träumte ich? Ich schlug mir mit der Hand gegen die Stirn. Die Wunde schmerzte wieder. Ich dachte an die Rückfahrt.

Konradin und Imelda wäre es gleichgültig, wie spät wir zurückführen. Sie radelten einfach schneller als auf der Hinfahrt, ohne Unterbrechungen. Wie immer. Das liebte ich gar nicht. Wenn ich allein fuhr, ließ ich mir nachmittags und abends immer mehr Zeit und legte auch häufiger Pausen ein als vormittags. Die beiden machten das grundsätzlich umgekehrt. Ätzend.

„Wir müssen den Platz räumen, damit wir die Bohlen abschrauben können."

Sie sahen mich kopfschüttelnd an, nahmen wortlos ihr Gepäck und gingen mit mir zum Nachbartisch, der gerade frei geworden war.

Ich war maßlos enttäuscht. Warum verhielten sich die beiden nur so passiv? War es ihnen egal, ob ich meinen Schlüssel zurückbekäme? Ich hatte das Gefühl, dass sie dachten, der ist weg und damit basta. Bloß keinen Aufwand wegen eines kleinen Schlüssels. Wir haben schließlich Ferien.

Bisher hatte ich mich stets auf sie verlassen können. Imelda hatte sogar vor Jahren mal eine ganze Nacht lang meine Kettengangschaltung repariert, während Konradin und ich schliefen. Sie hatte es getan, weil ich es nicht konnte. Und jetzt?

Dann schoss mir siedend heiß durch den Kopf, wir hätten den Tisch noch nicht räumen sollen. Was sollte ich machen, wenn neue Gäste sich an unseren alten Tisch setzen wollten?

Die müsste ich wegschicken. Was sollte ich Ihnen sagen? Wie würden sie reagieren?

In diesem Moment kam die Kellnerin und brachte unsere Bestellung. Sie stutzte. Wahrscheinlich wunderte sie sich, dass wir an einem anderen Tisch Platz genommen hatten, sagte aber nichts.

Bevor ich nach dem Schraubenzieher fragen konnte, kam sie mir lächelnd zuvor.

„Skruvmejseln kommer snart."

Dabei sah sie mir eine Weile in die Augen. Erst jetzt nahm ich wahr, dass sie ein ungewöhnlich hübsches Gesicht hatte, ähnlich wie das der Sängerin *Lill Babs*, für die ich in meiner Jugendzeit geschwärmt hatte. Wieso hatte ich das nicht gleich bemerkt? Daran war bestimmt der Schlüssel schuld. Ich stand auf und wollte etwas sagen, aber da war sie auch schon wieder fort. Ein anderer Gast hatte sie gerufen.

Als Zwölfjähriger hatte ich mit Begeisterung *Astrid Lindgrens Kalle Blomquist* gelesen und als Hörspiel im Kinderfunk gehört. In Kalles Freundin Eva-Lotta hatte ich mich verliebt. Ich dachte damals, alle schwedischen Mädchen müssten viel hübscher sein als deutsche.

Ich war verwirrt und gleichzeitig erleichtert. Sie hatte verstanden und würde mir helfen. Ich atmete tief durch, setzte mich wieder zu meinen Freunden und begann zu essen. Kaffee und Kuchen taten mir gut.

„Bestell dir doch ein zweites Stück, wenn dir der Kuchen so gut schmeckt, Achim!", versuchte Imelda mich aufzumuntern. Immerhin.

Das war gar nicht mehr nötig. Es ging mir schon wieder besser.

„Wir haben aber noch eine lange Fahrt vor uns. Du musst etwas essen. Außerdem hast du die ganze Zeit dein Bein noch nicht hochgelegt."

Wenn es ums Essen und Trinken oder mein krankes linkes Bein ging, war sie fürsorglich zu mir, wie eine Mutter zu ihrem

Kind. Sie war es gewesen, die mittags darauf bestanden hatte, dass ich meine Pizza in der Imbissbude gegessen hatte.

Als ich in diesem Moment die beiden betrachtete, musste ich doch tatsächlich leise lachen, obwohl es mir zum Weinen zumute war. Ich erinnerte mich nämlich an eine kuriose Situation während einer Radtour in den frühen neunziger Jahren in der Nähe von Usedom. Eine Frau, die uns Eintrittskarten verkaufen wollte, hatte doch tatsächlich geglaubt, dass ich mit Imelda verheiratet und Konradin unser Sohn wäre. Das Gleiche war im Zentralkrankenhaus in Skien passiert. Ob das noch einmal geschehen könnte, vielleicht heute in Karlstad? Nein, wohl eher nicht. Konradin war schließlich auch nicht mehr der Jüngste.

Die Zeit verging. Langsam wurde ich wieder nervös. Wo blieb die Bedienung? Ich hatte inzwischen zwei Paare, die es sich an unserem alten Tisch bequem machen wollten, mit einfachen Worten wegkomplimentiert. Ob es nicht besser wäre, die Tische wieder zu tauschen? Aber da kam die gute Fee mit einem großen elektrischen Schraubendreher, akkubetrieben. Einer, der Kreuzschrauben dreht. Genau das, was ich brauchte. Freudestrahlend hielt die Kellnerin mir das Ding unter die Nase. Ich hätte sie umarmen können.

Insgeheim hatte ich mir gewünscht, dass sie einen Handwerker mitbrächte, der mir das Aufschrauben abnehmen könnte. Vielleicht den Hausmechaniker, falls es so etwas gäbe. Aber gab es wohl nicht. Es sah so aus, als wenn ich selbst die Arbeit machen müsste. Ein solches Werkzeug hatte ich noch nie in der Hand gehabt. Das ließ ich mir aber nicht anmerken. Hoffentlich konnte ich damit umgehen!

Nach den ersten Versuchen wollte ich schon aufgeben, weil das Gerät jedes Mal wegrutschte.

„Du verschrammst ja die Bodenbretter, Achim. Lass mich mal ran!“

Ich war überrascht, dass Konradin sich einmischte.

Er nuschelte, schon öfter mit einer solchen Maschine gearbeitet zu haben und zu wissen, dass man sie nicht wie eine elektrische Bohrmaschine bedienen dürfte. Ich hätte mit zu hoher Drehzahl angefangen, sozusagen zu viel Gas gegeben. Nachdem drei Schrauben entfernt waren, gab er das Werkzeug zurück, und Imelda versuchte ihr Glück, dann wieder ich. Von Mal zu Mal ging es besser. Jetzt waren schon zehn Schrauben gelöst.

Die Gäste an den Nachbartischen reagierten unterschiedlich. Die einen sahen amüsiert zu. Sie schienen sich zu fragen, was das Ganze sollte. Andere hielten sich die Ohren zu, tuschelten miteinander und sahen mich dabei böse an. Jedenfalls bildete ich mir das ein. Das schrill pfeifende Schraubgeräusch war nämlich sehr laut und konnte einem auf die Nerven gehen. Einer kam herüber und wollte helfen. Vergeblich. Die letzten vier Schrauben der beiden Bretter ließen sich nicht herausdrehen, an jedem Brett zwei. Die Kreuzschlitze waren vermatscht. Der Schraubendreher rutschte ab.

Was nun?

Nachdem ich fast aufgegeben hatte, kam ich erst darauf, dass ich mich bei den Restaurantgästen entschuldigen müsste. Mir fiel aber nichts Besseres ein, als mit Händen und Armen eine Geste des Bedauerns auszudrücken, mir fehlten die Worte.

Nach einer Weile des Schweigens meldete sich Konradin wieder zu Wort. Was er von sich gab, war nicht aufbauend. „Wenn ich der Wirt wäre, würde ich diesen Schwachsinn nicht zulassen. In Deutschland könntest du das nicht machen. Du hättest auch keine Maschine bekommen."

Lange hatte ich einen solchen Unfug nicht mehr gehört. Ich ärgere mich heute noch über diesen Satz. Immerhin, dachte ich damals, er hatte wenigstens mal gesprochen.

In diesem Augenblick bekam ich eine neue Idee. Wie wäre es, wenn einer von uns das Ende eines Brettes anhebt und ein anderer mit der Hand durch die schmale Öffnung den Schlüssel herausholt?

„Das geht nicht. Das Brett bricht. Es hält die Spannung nicht aus. Das können wir nicht machen.“ Imelda war sich da ganz sicher und schüttelte den Kopf. Ihre Körperhaltung signalisierte: ohne mich.

Hatte die Chemikerin Recht? Wie war es mit Konradin und mir? Wir Physiker hatten auch unsere Bedenken, wollten aber trotzdem einen Versuch wagen.

„Auf deine Verantwortung!“, warnte mich Konradin.

Langsam zog er ein Ende der Planke nach oben, etwa eine halbe Armlänge. Das Brett knarzte. Die Öffnung über dem Schlüssel war zu schmal. Ich traute mich nicht, unter die Bohle zu greifen. Wenn Konradin dann losließe. Zu gefährlich.

Wir versuchten es mit vertauschten Rollen. Ich hob das Brett, er versuchte, den Schlüssel zu angeln. Das Ergebnis war das Gleiche. Ich hatte Angst, dass die Planke brechen könnte, er befürchtet, dass sein Arm zerquetscht würde. Der Schlüssel blieb, wo er war.

Ich gab auf. Enttäuscht drehte ich die gelösten Schrauben wieder mit der Maschine ein. Dabei half mir sogar Imelda.

Ohne dass ich es bemerkt hatte, war die Kellnerin wieder erschienen und fragte, ob wir noch einen Wunsch hätten. Wir bestellten weitere Getränke. Dann nahm ich sie beiseite und fragte, ob der Chef des Lokals oder ein Mitarbeiter kommen könnte. Vielleicht hätte der ja eine Idee. Sie versprach, sich zu erkundigen. Ihr Gesichtsausdruck war immer noch freundlich, obwohl ich ihr schon so viele Unannehmlichkeiten bereitet hatte. Ob sie vielleicht Umsatzeinbußen haben könnte, wenn wegen der Unruhe Gäste wegblieben?

Konradin und Imelda hatten nicht verstanden, was ich mit der Kellnerin besprochen hatte. Sie glaubten, der Spuk wäre zu Ende, und setzten sich wieder entspannt auf ihre Stühle. Als ich sie aufklärte, verzogen sie wieder ihre Gesichter, sagten aber nichts. Konradin sah auf die Uhr und schüttelte den Kopf.

Die Zeit verging. Die Suche nach der Picasso-Skulptur konnten wir vergessen.

Inzwischen hatten wir unseren Kaffee und Tee längst wieder getrunken. Aber niemand ließ sich blicken. Nach mehr als einer halben Stunde tauchte die Bedienung auf, um das Geschirr abzuräumen. Auf meine Frage, warum denn niemand käme, antwortete sie stirnrunzelnd, der Koch habe im Moment zu viel zu tun, er bereite gerade ein Seelachsfilet zu und könne die Arbeit nicht unterbrechen. Sobald er Zeit hätte, würde er mir aber helfen.

Der Koch?

Ob das der Richtige wäre? Ich war enttäuscht. Dann sah ich auf die Uhr. Inzwischen war es halb sechs. Wann würde ich heute wohl ins Bett kommen? Am nächsten Tag wollten wir mit dem Auto zurück nach Hause fahren.

Es dauerte fast eine weitere Stunde, die mir wie eine Ewigkeit erschien, als er im Laufschritt kam. Ohne lange Diskussion zeigte er auf die Schrauben, fragte „Dom, dom?" und drehte die gleichen Kreuzschrauben wieder heraus, die Imelda und ich mühsam eingedreht hatten. Mehr erreichte er auch nicht. Die Bretter konnten nicht weg, ohne zerbrochen zu werden. Und das würde teuer für mich, bildete ich mir ein.

Im Eifer des Gefechtes hatte ich gar nicht bemerkt, dass wir in der Zwischenzeit eine stattliche Zahl an Zuschauern hatten. Die Restaurantgäste hat es nicht länger auf ihren Plätzen gehalten. Sie bildeten einen Halbkreis um das Geschehen. Die meisten standen mit feixenden Gesichtern da. Ihr Murmeln war trotz des Schraubgeräuschs deutlich zu vernehmen. Mir war das peinlich. Ich hatte das Gefühl, dass sie alle auf mich sahen und über mich sprachen.

Die Szene war filmreif. Dieser Massenauftritt erinnerte mich an einen Show-down in einem Kriminalfilm. An den Namen des Films kann ich mich heute nicht mehr erinnern.

Ich weiß nur, dass sich zwei Kontrahenten auf einer Bootsanlegestelle gegenübergestanden und die Pistolen gegeneinander gerichtet hatten, umringt von einer Meute gaffender Menschen.

In meiner Situation jedoch war alles absurd. Wenn man bedenkt, dass es nur um einen kleinen Schlüssel ging. Welch ein Aufwand.

Bald sollte die Entscheidung fallen. Aufgeben oder ...

Der Koch hatte doch tatsächlich die gleiche Idee wie ich. Konradin und ich sollten die Planke am Ende mit aller Kraft so hochziehen, bis er mit der Hand den Schlüssel fassen könnte. Die Holzbohle wäre stabil und würde schon nicht brechen. Wir dürften nur nicht loslassen, sonst würde sein Arm zerquetscht. Dieses Risiko sei aber gering, er würde es eingehen.

Konradin und ich sahen uns an. Imelda stockte der Atem. Ob das wohl gut ging?

Plötzlich waren alle engagiert.

Wir zogen das Brett langsam nach oben, höher, immer höher. Viel höher als bei unseren ersten Versuchen. Wir waren ja auch zu zweit.

Die Planke ächzte. Sie würde jeden Augenblick brechen. Ein Zuschauer wollte eingreifen. Ich schubste ihn mit der Schulter beiseite und wäre beinahe gefallen. Konradin schrie: „Pass auf!“ Wir wandten unsere ganze Kraft auf, um das Brett zu halten. Mir wurde beinahe schlecht. Der Schweiß lief mir in den Nacken. Konradin stöhnte. Als die Öffnung breit genug war, griff der Koch mit seiner Hand blitzschnell unter die Bohle und angelte den Schlüssel. Ebenso rasch zog er den Arm wieder nach oben. Im gleichen Moment ließen wir die Planke los. Peng! Mit einem Knall krachte sie auf die Querstreben.

Ein Aufatmen ging durch die Menge. „Bravo ... underbart ... det var bra!“ Einige klatschten.

Es war geschafft. Der Schlüssel war wieder da, das Brett nicht gebrochen, der Arm nicht verletzt. Imelda, Konradin und ich holten tief Luft. Der Koch lächelte, hielt den Schlüssel triumphierend hoch und überreichte ihn mir wie eine Trophäe. Dann schraubte er die Planken wieder fest. Die Zuschauer waren so schnell, wie sie gekommen waren, wieder verschwunden.

Ehe der Koch mit dem Schraubenzieher ging, bedankte ich mich bei ihm für seine Hilfe. Ich wollte ihm ein ordentliches Trinkgeld geben. Doch er schüttelte hartnäckig den Kopf. Dabei lächelte er.

Zunächst stand ich hilflos mit dem Geld in der Hand da. Schließlich kam mir die Idee, es der Kellnerin zu schenken.

Als ich mich stolz mit meiner Tasche und dem Schlüssel in der Hand aufmachte, um zu meinem Fahrrad zu gehen, kam mir Konradin schon mit seinem Rad entgegen. Dabei schaute er mich mitleidig an.

Was war los?

War nicht alles gut gegangen?

„Achim, du brauchst keinen Schlüssel mehr, dein Fahrrad ist weg."

Ich hatte noch nicht richtig begriffen, was er meinte, da war er auch schon verschwunden. Er hatte mich einfach stehen lassen. Imelda und ich blickten entgeistert in die Richtung, in die er gelaufen war, konnten ihn aber nicht entdecken.

Wütend ließ ich meine Gepäcktasche fallen und rannte zu der Stelle, wo ich ein paar Stunden zuvor mein Rad abgestellt hatte. Es war tatsächlich weg.

Imelda und ich suchten und suchten. Im Graben, hinter dem Schuppen, auf dem Parkplatz. Schließlich fanden wir es. Wer hatte es bloß hinter einer Hecke im Nachbargarten versteckt? Albern so etwas! Das war mehr als ein Schuljungenstreich. So eine Unverschämtheit!

Konradin war inzwischen wieder aufgetaucht. In der Toilette sei er gewesen, gab er grinsend zu verstehen.

Ob einer der Restaurantgäste das Fahrrad versteckt hatte? Einer, der sich für das Affentheater an mir rächen wollte? Aber woher hätte er gewusst, welches Rad meins war?

Wir machten uns auf den Heimweg. Es war halb acht und es waren noch siebzig Kilometer. Ich wollte nicht im Dunkeln fahren.

Die Frage, wer mein Rad versteckt hatte, ließ mich nicht zur Ruhe kommen. Gemeinheit. Nervös rutschte ich auf dem Sattel hin und her.

Ob es Konradin war?

Aber warum sollte er das getan haben? Weil wir so viel Zeit mit dem Suchen des Schlüssels vertrödelt hatten?

Die beiden fuhren einige Zeit nebeneinander und unterhielten sich. Ich konnte nicht verstehen, was sie sagten, sah aber, dass er ständig grinste und sie ein wütendes Gesicht machte. Stritten sie sich wieder?

Während der ersten Rast, als mein Freund mal wieder in den Büschen verschwunden war, fragte ich Imelda: „Hatte Konradin mein Fahrrad versteckt?" Dabei blickte ich ihr direkt in die Augen.

Nach längerem Schweigen gab sie kleinlaut zu: „Er hat es mir gerade erzählt ... er war es ... der Depp."

Sie sprach so leise, dass ich sie kaum verstehen konnte. Dabei sah sie mich nicht an, sondern ängstlich zu den Büschen. Sie wollte wohl nicht, dass ihr Mann mitbekam, dass sie ihn verraten hatte.

Den ganzen Tag über war ich trotz des Ärgers ruhig geblieben. Aber jetzt verlor ich die Beherrschung. Als Konradin immer noch unverschämt grinsend zu uns zurückkehrte, verlor ich endgültig die Fassung. Ich schob mein Rad drohend auf ihn zu und hätte ihn gerammt, wenn er nicht zurückgewichen wäre. Ich brüllte: „Du Idiot!"

Er sah mich erschrocken an. Sein Grinsen war verschwunden. Ich nahm mein Rad, fuhr zur Gaststätte zurück und tat das, was ich den ganzen Urlaub über aus Geiz nicht gemacht hatte. Ich trank so viel von dem teuren schwedischen Bier, dass ich nicht mehr weiterfahren und bis zu nächsten Morgen bleiben musste.

Für das Geld hätten mir meine Eltern in den Fünfzigerjahren ein neues Fahrrad kaufen können, dachte ich hinterher.

**Dank** an **Dr. Phil. Wolf Allihn**, in dessen literarischem Seminar ich Grundkenntnisse im Roman-Schreiben erworben habe.
Die Entstehung dieser Erzählungen hat er im Rahmen des von ihm als Privatdozent a. D. durchgeführten „Seminars für Autorenfortbildung" weitgehend in vielen Textbesprechungen begleitet.

**Joachim Kuhrig**, geboren 1946 in Hilden. 1966 Abitur, Mathematik- und Physik-Studium an der Universität Köln. Ab 1971 Lehrer am Gymnasium im Raum Düsseldorf. Oberstudienrat 1979. Regionalkoordinator Mathematik-Olympiade. Studium in einem Autorenfortbildungsseminar. 2009 Pensionierung.
Publikationen: 2014 *Schlüsselerlebnis* – Vier Erzählungen, 2015 *Manuela – Das Mädchen mit der Träne in der Stimme* – Biografischer Roman über die Sängerin und Komponistin Manuela, 2016 *Setzen Fünf* – Schulerlebnisse aus den Fünfziger- und Sechzigerjahren, 2019 *Zahl Dich Frei – Manuela* – Romanhafte Dokumentation eines Fernseh-Skandals, 2020 *Kilometerfresser* – Drei Erzählungen

## Ebenfalls bei TWENTYSIX erschienen:
ISBN 9783740708047

## Schlüsselerlebnis – Vier Erzählungen

## Joachim Kuhrig

**Das werden Sie noch bereuen** – Sebastian ist Studienrat an einem Gymnasium. Er unterrichtet Deutsch und erteilt gute Noten für gute Leistungen, schlechte für schlechte. Letzteres ist dem Schulleiter ein Dorn im Auge. Als Sebastian als Zweitkorrektor die Abiturnote einer Schülerin, deren Vater mit dem Deutschlehrer der jungen Frau befreundet ist, heruntersetzt, beginnt für ihn eine Odyssee. Er wird von seinem Chef schikaniert und gedemütigt. Seine ungeschickten Gegenmaßnahmen bewirken, dass alles nur noch schlimmer wird. Durch menschenverachtendes Mobbing wird er in die Enge getrieben und erleidet unsägliche psychische Qualen. Die Ratschläge seiner Kollegen erreichen ihn nicht mehr. Es bleibt ihm nur noch sein Traum, die Doktorarbeit über Carl Zuckmayer zu Ende zu schreiben.
**Sykkelfantom** – Ein Mann mittleren Alters befindet sich auf einer Fahrradtour in Norwegen. Seine Freunde nennen ihn Kilometerfresser, weil es ihm mehr auf die Länge der Strecke als auf die Sehenswürdigkeiten der Fahrt ankommt. Seine auf mehr als 120 Kilometer angelegte Tour endet nach nur eins Komma sechs Kilometern urplötzlich beim Zusammenstoß mit einem Auto. Bleiben als Erinnerung an diesen Ausflug nur Röntgenbilder anstelle von Urlaubsfotos?
**Hasenbachs Scheitern** – Hasenbach will Mathematiklehrer am Gymnasium werden. Die Referendarzeit soll er im Rheinland absolvieren. Sein ungewöhnliches Erscheinungsbild und das eigenwillige Auftreten rufen bei den Ausbildungslehrern Erstaunen hervor. Sie stufen ihn als Meister der unfreiwilligen Komik ein und übersehen seine gravierenden fachlichen Schwächen. Das führt zu einer Katastrophe. Dabei hat Hasenbach bis zuletzt daran geglaubt, eine sehr gute Abschlussnote zu erreichen.
**Schlüsselerlebnis** – Zwei Männer und eine Frau mittleren Alters befinden sich auf einer 140 Kilometer langen Fahrradtour in Schweden. Ihr Ziel ist Karlstad am Vänersee. Einer der Männer verliert erst seinen Autoschlüssel, dann den Fahrradschlüssel. Das Speichenschloss will er nicht mit Gewalt öffnen. Er will den Schlüssel zurückhaben. Seine Freunde verhalten sich bei der Suche nicht, wie er sich das wünscht. Er lernt sie von einer ungewohnten Seite kennen. Ein Schlüsselerlebnis besonderer Art.

**Ein kritischer Leser schreibt:**

Das oft unterschätzte Problem, über Schule zu schreiben, ohne dass Verzerrung, Karikatur oder Vorschläge zur pädagogischen Reform unterbreitet werden, löst Joachim Kuhrig so einfach wie überzeugend, indem er so sachlich wie einfühlsam über den schulischen Alltag berichtet, den er selbst als Gymnasiallehrer 40 Jahre lang erlebt hat. Seine Erzählungen über die tragischen Fälle der Referendare, deren Unterrichtsstunden scheitern, wie auch die Nachbesprechungen durch ‚Fachleute' sind kompetent und originell und nicht ohne Beklemmung zu lesen, zumal die Referendare auch an ihrer Berufswahl scheitern. - Mehrfach weist der Autor originell und couragiert auf Ungenauigkeiten, ja, auf Mauscheleien in der Zensurengebung bei Klassenarbeiten und in der Referendarbeurteilung hin – Interna, die üblicher Weise unter dem Teppich bleiben. – Der gymnasiale Schulalltag steht so wie er ist, lebhaft und authentisch geschildert, plastisch vor dem Leser. – Zwei kürzere Erzählungen stellen Ferienerlebnisse dar, die das Personenbild des Autors abrunden, u. a. durch ein ‚Schlüsselerlebnis'. –

*Dr. W. Allihn, StDir. i. R., im Juli 2016*

Joachim Kuhrig
Schlüsselerlebnis
Vier Erzählungen

## Ebenfalls bei TWENTYSIX erschienen:
## ISBN 9783740707903

## Manuela – Das Mädchen mit der Träne in der Stimme
## Biografischer Tatsachenroman

## Joachim Kuhrig

Seeshaupt 1981. Achim, der Gymnasiallehrer aus dem Rheinland, lebt in seinen Schulferien mit in Manuelas Haus am Starnberger See. Da er die Biografie des Stars schreiben soll, erzählt sie ihm abschnittsweise ihre bisherige Lebensgeschichte mit allen Höhen und Tiefen. Im Zentrum steht der 1973 beginnende gegen sie gerichtete Fernsehboykott, der sie erstmalig an den Abgrund führt. Achim, seit Anfang ihrer steilen Künstlerkarriere tief ergriffener Bewunderer, hat sich längst in Manuela verliebt und erobert sie im Laufe der Zeit mit einer Engelsgeduld. Horrem 1984. Manuela und Achim sind häufig allein ohne den ständig im Weg stehenden Manager Walter. Die Liebe ist voll entflammt und mündet in einer engen Beziehung. Manuela gewinnt wieder Boden unter den Füßen und erfüllt sich mit dem Komponieren von Schlagern und Popmusik einen weiteren Lebenstraum. Dann ein plötzlicher Vertrauensbruch. Die Beziehung stirbt durch Rückzug von Achim, der sie jedoch aus seinem Herzen nicht verliert. Manuela bekommt in den Folgejahren ihr Leben nicht wirklich in den Griff. Walter, der sie zwar nicht entdeckt aber nach oben gebracht hat, den sie aber auch zu hassen gelernt hat, stirbt 1993. Bruder Klaus, mit dem sie wegen eines Zerwürfnisses zwischen Walter und ihm bricht, hilft ihr als ihr neuer Ratgeber, wieder in Rundfunk und Fernsehen aufzutreten. Bis dahin kennt Manuela die Gipfel ihrer Karriere (Las Vegas, 45 amerikanische Bühnenshows, Freundschaft mit Cary Grant) ebenso wie die Täler tiefer Verzweiflung und Not bis hin zu Selbstmordgedanken. Doch die eigentliche Tragik ihres Lebens ist ihr früher Tod 2001. Die tückische Krankheit Gaumenkrebs überkam sie, als sie sich berechtigte Hoffnung auf ein großes Comeback machen kann.

**Ein kritischer Leser schreibt:**

Die Entstehung dieses Buches habe ich im Rahmen des von mir als Privatdozent a. D. durchgeführten „Seminars für Autorenfortbildung" von Anfang bis Ende in vielen Textbesprechungen begleitet. Zwei Jahre haben wir uns in den Kursen eingehend mit dem gesamten Stoff beschäftigt und in Konzeption, Strukturierung der Handlung, wissenschaftlich-dokumentarischer Grundlegung, Ausdruck und Stil usw. versucht, die beste Darstellungsform zu finden.
Dabei war besonders zu berücksichtigen, dass *Achim Kuhrig* nicht nur als ‚Fan' der Schlagersängerin *Manuela* ihr Leben in einer Biografie vorstellen wollte, sondern als langjähriger Bewunderer, Freund, Berater, Helfer und schließlich zeitweiliger Liebespartner auf das Engste mit ihrem Leben vertraut war.
Die konzeptuellen Vorbilder dafür sind u. a. in den Klassikern von *Miguel Cervantes'* „Don Quijote" und *Arthur Conan Doyle's* „Sherlock Holmes" zu finden, in denen jeweils die Begleiter der Hauptfiguren, der Diener *Sancho Pansa* bzw. der Butler *Watson,* als Erzähler, Kommentatoren oder kritisch Wertende auftreten, auch in *Da Ponte / Mozarts* „Don Giovanni" bekleidet *Leporello* eine ähnliche Rolle.
In *Kuhrigs* „Manuela…" ist der Verfasser in einer vergleichbaren, allerdings zusätzlich privat engagierten Situation. Der Gefahr, beim Schreiben in eine emotional zu große Nähe und Abhängigkeit von seinem Idol zu geraten, entgeht Kuhrig nun durchaus originell durch die versachlichende Heranziehung von einer Fülle von Unterlagen – Briefe, Verträge, Tagebuch- und Gesprächsnotizen, Abrechnungen, zitierte Dialoge, Kritiken und Erfolgsberichte. Die Auflistung der - z. T. von ihr selbst komponierten - Werke *Manuelas,* Labels usw., wird mit wissenschaftlicher Akribie vorgenommen. - Das mehr Romanhafte dieser Biografie liegt in der Darstellung der Protagonistin als Persönlichkeit und Charakter, die die psychischen Bedingungen ihrer künstlerischen Motivation und Beharrlichkeit berührt, aber auch, z. B. im Umgang mit ausbeuterischen Managern und finanziellen Problemen, die Skizzierung ihrer Schwachstellen nicht vernachlässigt.
Insgesamt ist an der Authentizität des Werkes nicht zu zweifeln, und ich zögere nicht, es als eine umfassend literarisch gelungene Darstellung des Lebens der Sängerin *Manuela* zu bezeichnen, das sowohl für die Heldin wie für ihren Biografen tragisch endet.
Negative Einlassungen über einzelne intime Szenen sind wichtigtuerisch, moralisch kleinkariert und entbehren der Seriosität. Sie mögen der Desillusionierung geschuldet sein, die diejenigen bei der Lektüre des Buches überfällt, die ihrer angebeteten Schlagersängerin mit allzu großer Blindheit, gewiss auch ihrer unbezweifelbaren Schönheit wegen, zugejubelt haben.

*Dr. Wolf Allihn, StDir i. R., im Januar 2016*

Manuela

**Ebenfalls bei TWENTYSIX erschienen:**
**ISBN 9783740715861**

**Setzen Fünf**
**Schulerlebnisse aus den Fünfziger- und Sechzigerjahren**
**Autobiografische Erzählungen von**

**Joachim Kuhrig**

Die Schulzeit am Gymnasium erscheint mir im Nachhinein wie eine neunjährige Kabarettveranstaltung, wobei die Lehrer Opfer ihres unfreiwilligen Humors sind.
Einer der Englischlehrer wirkt wie ein Zyniker mit dem Aussehen und der Stimme des Fernsehmoderators Dieter Thomas Heck.
Die Religionslehrer scheinen sich, ohne es zu merken, wie Komiker aufzuführen.
Einem Mathematiklehrer wird nicht bewusst, dass er in einer Klassenarbeit Stoff abfragt, den er gar nicht unterrichtet hat.
Ein langjähriger Deutschlehrer lässt drei Klassenarbeiten an einem Tag schreiben und gibt sie am gleichen Tag mittags benotet zurück.
Ein Chemielehrer verursacht bei einem Experiment mit einer Natriumstange beinahe einen Unfall.
Eine Wette auf dem Pausenhof führt zu einem Freizeitabenteuer der außerschulischen Art.

**Ein kritischer Leser schreibt:**

Wen die Geschichte interessiert wird mit Informationen gefüttert, die nur aus erster Hand kommen können - gut so. *Marco, 2017*

Joachim Kuhn
Setzen Fünf
Erlebnisse aus den Fünfziger- und Sechzigerjahren

**Ebenfalls bei TWENTYSIX erschienen:**
**ISBN 9783740753504**

**Zahl Dich Frei - Manuela**
**Romanhafte Dokumentation von**

**Joachim Kuhrig**

Die Sängerin Manuela, bekannt durch *Schuld war nur der Bossa Nova*, saß nachts in ihrem Kugelsessel im Wohnzimmer, als sie Geräusche vor ihrem Haus hörte. Ein Mann schlich um das Anwesen. Er klingelte. Sie öffnete ihm die Tür und ließ ihn herein. Was dann folgte, sollte ihr Leben grundlegend verändern. Ein Albtraum, der nie mehr zu Ende gehen würde, hatte seinen Anfang gefunden …

**Ein kritischer Leser schreibt:**

Ein hochbrisantes Buch passenderweise zum 50-jährigen Jubiläum der ZDF-Hitparade, in der eine der erfolgreichsten Künstlerinnen der 60er- und 70erjahre zunächst auch durchaus wahrnehmbar agierte. Dennoch sollte die in diesem Buch beschriebene Konfliktsituation ihre bis dahin glanzvolle Karriere und letztlich womöglich auch ihr viel zu kurzes Leben nachhaltig beeinflussen.
Wenn das stimmt, was der Autor, verehrender Wegbegleiter der Künstlerin, mutmaßlich aus erster Quelle hier publiziert, auch nur im Ansatz zutreffen sollte, müsste die Geschichte der ZDF-Hitparade umgeschrieben werden. Eine kleine Korrektur allerdings gleich zu Beginn, Dieter Weber, leitender Redakteur und Lordsiegelbewahrer einer manipulationsfreien ZDF-Hitparade, hatte keine schwarzen Haare. Sie waren eher rötlich-blond, in der Wahrnehmung ein ansonsten farbloser, unscheinbarer Mann mit eingezogenem Kopf und vorgeschobenem Bauch, der mit stierenden ausdruckslosen Augen dem Blick des anderen nicht lange standhalten konnte - der Mann, der die Geschicke einer der publikumswirksamsten Sendungen vor allem der 70erjahre als Redakteur entscheidend mitgestaltet hat.
Sollte dieser Mann, an dessen Befugnissen eine ganze Branche hing, sich tatsächlich so, wie in diesem Buch detailliert beschrieben, verhalten haben? War das, was bisher im Raum stand, womöglich nur die Spitze des Eisbergs? Wurde die Besetzung der ZDF-Hitparade und der „Starparade" ausgerechnet von dem Mann, der sich als oberster Hüter einer sauberen ZDF-Hitparade aufspielte, zu höchst eigennützigen Zwecken missbraucht? Wurde hier der Bock zum Gärtner gemacht?
Waren Auftritte in hochkarätigen Fernseh-Sendungen käuflich? Und wer von denen, die durch diese Sendungen profitierten, war womöglich betroffen? Wer hat sich womöglich vielleicht weniger geziert als die dem Vernehmen nach eher widerstrebende Manuela? Muss die Geschichte der ZDF-Hitparade und damit auch die deutsche Schlagergeschichte umgeschrieben werden? Ein lesenswertes Buch!
Und wenn man sich über manche Besetzungen in Fernseh-Sendungen wundert, fragt man sich, nachdem man dieses Buch gelesen hat erst recht, ob es auch heute immer und überall mit rechten Dingen zugeht.

*Das Krokodil, 2019*

Joachim Kuhrig
Zahl Dich Frei - Manuela